【石评梅全集】 散文 书信 书评

涛 语

石评梅◎著

吉林出版集团股份有限公司

图书在版编目（ＣＩＰ）数据

涛语/石评梅著.—长春:吉林出版集团股份有

限公司,2017.9（2021.5重印）

（昨日芳菲:近现代名家经典作品丛刊）

ISBN 978-7-5581-2918-6

Ⅰ.①涛… Ⅱ.①石… Ⅲ.①散文集—中国—现代

Ⅳ.① I266

中国版本图书馆 CIP 数据核字（2017）第 194938 号

涛　语

著　　者	石评梅	
策划编辑	杜贞霞	
责任编辑	齐　琳　史俊南	
封面设计	老　刀	
开　　本	650mm×960mm　1/16	
字　　数	216 千字	
印　　张	15	
版　　次	2017 年 10 月第 1 版	
印　　次	2021 年 5 月第 2 次印刷	

出　　版	吉林出版集团股份有限公司
电　　话	总编办：010-63109269
	发行部：010-69584388
印　　刷	三河市京兰印务有限公司

ISBN 978-7-5581-2918-6　　　　　　定价：42.80 元

目 录

散文卷

书信卷

书评卷

散文卷

涛　语

一、微醉之后

几次轻掠浮过的思绪，都浸在晶莹的泪光中了。何尝不是冷艳的故事，凄哀的悲剧，但是，不幸我是心海中沉沦的溺者，不能有机会看见雪浪和海鸥一瞥中的痕迹。因此心波起伏间，卷埋隐没了的，岂只朋友们认为遗憾；就是自己，永远徘徊寻觅我遗失了的，何尝不感到过去飞逝的云影，宛如彗星一扫的壮丽。

允许我吧！我的命运之神！我愿意捕捉那一波一浪中汹涌浮映出过去的幻梦。固然我不敢奢望有人能领会这断弦哀音，但是我尚有爱怜我的母亲，她自然可以为我滴几点同情之泪吧！朋友们，这是由我破碎心幕底透露出的消息。假使你们还挂念着我。这就是我遗赠你们的礼物。

丁香花开时候，我由远道归来。一个春雨后的黄昏，我会看晶清。推开门时她在碧绸的薄被里蒙着头睡觉，我心猜想她一定是病了。不忍惊醒她，悄悄站在床前；无意中拿起枕畔一本蓝皮书，翻开时从里面落下半幅素笺，上边写着：

波微已经走了，她去哪里我是知道而且很放心，不

3

过在这样繁华如碎锦似的春之画里，难免她不为了死的天辛而伤心，为了她自己惨淡悲凄的命运而流泪！

想到她我心就怦怦的跃动，似乎纱窗外啁啾的小鸟都是在报告不幸的消息而来。我因此病了，梦中几次看见她，似乎她已由悲苦的心海中踏上那雪银的浪花，翩跹着披了一幅白云的轻纱；后来暴风巨浪袭来，她被海波卷没了，只有那一幅白云般的轻纱飘浮在海面上，一霎时那白纱也不知流到那里去了。

固然人要笑我痴呆，但是她呢，确乎不如一般聪明人那样理智，从前她是个杀人不眨眼的英雄，如今被天辛的如水柔情，已变成多愁多感的人了。这几天凄风苦雨令我想到她，但音信却偏这般渺茫……

读完后心头觉着凄梗，一种感激的心情，使我终于流泪！但这又何尝不是罪恶，人生在这大海中不过小小的一个泡沫，谁也不值得可怜谁，谁也不值得骄傲谁。天辛走了，不过是时间的早迟，生命上使我多流几点泪痕而已。为什么世间偏有这许多绳子，而且是互相连系着！

她已睁开半开的眼醒来，宛如晨曦照着时梦耶真耶莫辨的情形，瞪视良久，她不说一句话，我抬起头来，握住她手说：

"晶清，我回来了，但你为什么病着？"

她珠泪盈睫，我不忍再看她，把头转过去，望着窗外柳丝上挂着的斜阳而默想。后来我扶她起来，同到栉沐室去梳洗，我要她挣扎起来伴我去喝酒。信步走到游廊，柳丝中露出三年前月夜徘徊的葡萄架，那里有芳蘅的箫声，有云妹的情影，明显映在心上的，是天辛由欧洲归来初次看我的情形。那时我是碧茵草地上活泼跳跃的白兔，天真骄憨的面靥上，泛映着幸福的微笑！三年之后，我依然徘徊在这里，纵然浓绿花香的图画里，使我感到的比废墟野冢还要凄悲！上帝呵！这时候我确乎认识了我自己。

韵妹由课堂下来，她拉我又回到寝室。晶清已梳洗完正在窗前换衣服，她说：

"波微！你不是要去喝酒吗？萍适才打电话来，他给你已预备下接风宴，去吧！对酒当歌，人生几何。去吧，乘着丁香花开时候。"

风在窗外怒吼着，似乎有万骑踏过沙场，全数冲杀的雄壮；又似乎海边孤舟，随狂飙扎挣呼号的声音，一声声的哀惨。但是我一切都不管，高擎着玉杯，里边满斟着红滟滟的美酒，她正在诱惑我，像一个绯衣美女轻掠过骑上马前的心情一样的诱惑我。我愿永久这样陶醉，不要有醒的时候，把我一切烦恼都装在这小小杯里，让它随着那甘甜的玫瑰露流到我那创伤的心里。

在这盛筵上我想到和天辛的许多聚会畅饮。

晶清挽着袖子，站着给我斟酒；萍呢！他确乎很聪明，常常望着晶清，暗示她不要再给我斟，但是已晚了，饭还未吃我就晕在沙发上了。

我并莫有痛哭，依然晕厥过去有一点多钟之久。醒来时晶清扶着我，我不能再忍了，伏在她手腕上哭了！这时候屋里充满了悲哀。萍和琼都很难受的站在桌边望着我。这是天辛死后我第六次的昏厥，我依然和昔日一样能在梦境中醒来。

灯光辉煌下，每人的脸上都泛映着红霞，眼里莹莹转动的都是泪珠，玉杯里还有半盏残酒，桌上狼藉的杯盘，似乎告诉我这便是盛筵散后的收获。

大家望着我都不知应说什么。我微抬起眼帘，向萍说：

"原谅我，微醉之后。"

二、父亲的绳衣

"荣枯事过都成梦，忧喜情忘便是禅。"人生本来一梦，在当时兴致勃然，未尝不感到香馥温暖，繁华清丽。至于一枕凄凉，万象皆空的时候，什么是值得喜欢的事情，什么是值得流泪的事情？我们是生在世界上的，只好安于这种生活方程，悄悄地让岁月飞逝过去。消磨着这生命的过程，明知是镜花般不过是一瞥的幻梦，但是我们的情感依然随着遭遇而变迁。为了天辛的死，令我觉悟了从前太认真人生的错误，同时忏悔我受了社会万恶的蒙蔽。死了的明显是天辛的躯壳，死了的惨淡潜隐便是我这颗心，他可诅咒我的残忍，但是我呢，也一样是啮残下的牺牲者呵！

我的生活是陷入矛盾的，天辛常想着只要他走了，我的腐蚀的痛苦即刻可以消逝。这是一个错误的观念，事实上矛盾痛苦是永不能免除的。现在我依然沉陷在这心情下，为了这样矛盾的危险，我的态度自然也变了，有时的行为常令人莫名其妙。

这种意思不仅父亲不了解，就连我自己何尝知道我最后一日的事实；就是近来倏起倏灭的心思，自己也感到奇特惊异。

清明那天我去庙里哭天辛，归途上我忽然想到给父亲和母亲结织一件绳衣。我心里想的太可怜了，可以告诉你们的就是我愿意在这样心情下，做点东西留个将来回忆的纪念。母亲他们穿上这件绳衣时，也可想到他们的女儿结织时的忧郁和伤心！这个悲剧闭幕后的空寂，留给人间的固然很多，这便算埋葬我心的坟墓，在那密织的一丝一缕之中，我已将母亲交付给我的那颗心还她了。

我对于自己造成的厄运绝不诅咒，但是母亲，你们也应当体谅我，当我无力扑到你怀里睡去的时候，你们也不要认为是缺憾吧！

当夜张着黑翼飞来的时候，我在这凄清的灯下坐着。案头放着一个银框，里面刊装着天辛的遗像，像的前面放着一个紫玉的花瓶，瓶里插着几枝玉簪，在花香迷漫中，我默默的低了头织衣；疲倦时我抬起头来望望天辛，心里的感想，我难以写出。深夜里风声掠过时，尘沙向窗上瑟瑟的扑来，凄凄切切似乎鬼在啜泣，似乎鸥鹚的翅儿在颤栗！我仍然低了头织着，一直到我伏在案上睡去之后。这样过了七夜，父亲的绳衣成功了。

父亲的信上这样说：

"……明知道你的心情是如何的恶劣，你的事务又很冗繁，但是你偏在这时候，日夜为我结织这件绳衣，远道寄来；与你父防御春寒。你的意思我自然喜欢，但是想到儿一腔不可宣泄的苦衷时，我焉然不为汝凄然！……"

读完这信令我惭愧，纵然我自己命运负我，但是父母并未负我；他们希望于我的，也正是我愿为了他们而努力的。父亲这微笑中的泪珠，真令我良心上受了莫大的责罚，我还有什么奢望呢？我愿暑假快来，我扎挣着这创伤的心神，扑向母亲怀里大哭！我廿年的心头埋没的秘密，在天辛死后，我已整个的跪献在父母座下了。我不忍那可怕的人间隔膜，能阻碍了我们天性的心之交流，使他们永远隐蔽着不知道他们的女儿——不认识他们的女儿。

三、醒后的惆怅

深夜梦回的枕上，我常闻到一种飘浮的清香，不是冷艳的梅香，不是清馨的兰香，不是金炉里的檀香，更不是野外雨后的草香。不知它来自何处，去至何方。它们伴着皎月游云而来，随着冷风凄雨而来，无可比拟，凄迷辗转之中，认它为一缕愁丝，认它为几束恋感，是这般悲壮而缠绵。世界既这般空寂，何必追求物象的因果。

> 汝负我命，我还汝债，以是因缘，经百千劫常在生死。
>
> 汝爱我心，我爱汝色，以是因缘，经百千劫常在缠缚。
>
> ——《楞严经》

寂灭的世界里，无大地山河，无恋爱生死，此身既属臭皮囊，此心又何尝有物，因此我常想毁灭生命，锢禁心灵。至少把过去埋了，埋在那苍茫的海心，埋在那崇峻的山峰；在人间永不波荡，永不飘飞；但是失败了，仅仅这一念之差，铸塑成这般罪恶。

当我在长夜漫漫，转侧呜咽之中，我常幻想着那云烟一般的往事，我感到梗酸，轻轻来吻我的是这腔无处挥洒的血泪。

我不能让生命寂灭，更无力制止她的心波澎湃，想到时总觉对不住母亲，离开她五年把自己摧残到这般枯悴。要写什么呢？生命已消逝的飞掠去了，笔尖逃逸的思绪，何曾是纸上留下的痕迹。母亲！这些话假如你已了解时，我又何必再写呢！只恨这是埋在我心冢里的，在我将要放在玉棺时，把这束心的挥抹请母亲过目。

天辛死以后，我在他尸身前祷告时，一个令我缱绻的梦醒了！我爱梦，我喜欢梦，她是浓雾里阑珊的花枝，她是雪纱轻笼了苹果脸的少女，她如苍海飞溅的浪花，她如归鸿云天里一闪的翅影。因为她既不可捉摸，又不容凝视，那轻渺渺游丝般梦痕，比一切都使人醺醉而迷惘。

诗是可以写在纸上的，画是可以绘在纸上的，而梦呢，永远留在我心里。母亲！假如你正在寂寞时候，我告诉你几个奇异的梦。

四、夜航

一九二五年元旦那天，我到医院去看天辛，那时残雪未消，轻踏着积雪去叩弹他的病室，诚然具着别种兴趣，在这连续探病的心情经验中，才产生出现在我这忏悔的惆怅！不过我常觉由崎岖蜿蜒的山径到达到峰头，由翠荫森森的树林到达到峰头；归宿虽然一样，而方式已有复杂简略之分，因之我对于过去及现在，又觉心头轻泛着一种神妙的傲意。

那天下午我去探病，推开门时，他是睡在床上头向着窗瞧书，我放轻了足步进去，他一点都莫有觉得我来了，依然一页一页翻着书。我脱了皮袍，笑着蹲在他床前，手攀着床栏说：

"辛，我特来给你拜年，祝你一年的健康和安怡。"

他似乎吃了一惊，见我蹲着时不禁笑了！我说：

"辛！不准你笑！从今天这时起，你做个永久的祈祷，你须得诚心诚意的祈祷！"

"好！你告诉我祈祷什么？这空寂的世界我还有希冀吗？我既无希望，何必乞怜上帝，祷告他赐我福惠呢？朋友！你原谅我吧？我无力而且不愿作这幻境中自骗的祈求了。"

仅仅这几句话，如冷水一样浇在我热血搏跃的心上时，他奄奄的死寂了，在我满挟着欢意的希望中，现露出这样一个严涩枯冷的阻物。他正在诅咒着这世界，这世界是不预备给他什么，使他虔诚的心变成厌弃了，我还有什么话可以安慰他呢！

这样沉默了有二十分钟，辛摇摇我的肩说：

"你起来，蹲着不累吗？你起来我告诉你个好听的梦。快！快起来！这一瞥飞逝的时间，我能说话时你还是同我谈谈吧！你回去时再沉默不好吗！起来，坐在这椅上，我说昨夜我梦的梦。"

我起来坐在靠着床的椅上，静静地听着他那抑扬如音乐般声音，似夜莺悲啼，燕子私语，一声声打击在我心弦上回旋。他说：

"昨夜十二点钟看护给我打了一针之后，我才可勉强睡着。波微！从此之后我愿永远这样睡觉，永远有这美妙的幻境环抱着我。

我梦见青翠如一幅绿缎横披的流水，微风吹起的雪白浪花，似绿缎上纤织的小花；可惜我身旁没带着剪子，那时我真想裁割半幅给你做一件衣裳。

似乎是个月夜，清澈如明镜的皎月，高悬在蔚蓝的天宇，照映着这翠玉碧澄的流水；那边一带垂柳，柳丝一条条低吻着水面像个女孩子的头发，轻柔而蔓长。柳林下系着一只小船，船上没有人，风吹着水面时，船独自在摆动。

这景是沉静，是庄严，宛如一个有病的女郎，在深夜月光下仰卧在碧茵草毡，静待着最后的接引，怆凄而冷静。又像一个受伤的骑士，倒卧在树林里，听着这渺无人声的野外，有流水呜咽的声音！他望着洒满的银光，想到祖国，想到家乡，想到深闺未眠的妻子。我不能比拟是那么和平，那么神寂，那么幽深。

我是踟蹰在这柳林里的旅客，不知道这是什么地方。我走到系船的那棵树下，把船解开，正要踏下船板时，忽然听见柳林里有唤我的声音！我怔怔的听了半天，依旧把船系好，转过了柳林，缘着声音去寻。愈走近了，那唤我的声音愈低微愈哀惨，我的心搏跳的更加利害。郁森的浓荫里，露透着几丝月光，照映着真觉冷森惨淡！我停止在一棵树下，那细微的声音几乎要听不见。后来我振作起勇气，又向前走了几步，那声音似乎就在这棵树上"。

他说到这里，面色变的更苍白。声浪也有点颤抖，我把椅子向床移了一下，紧握着他的手说：

"辛！那是什么声音？"

"你猜那唤我的是谁？波微！你一定想不到，那树上发出可怜的声音叫我的，就是你！不知谁把你缚在树上，当我听出是你的声音时，我像个猛兽一般扑过去，由树上把你解下来，你睁着满含泪的眼望着我，我不知为什么忽然觉的难过，我的泪不自禁的滴在你腮上了！

这时候，我看见你惨白的脸被月儿照着像个雕刻的石像，你伏在我怀里，低低的问我：

'辛！我们到那里去呢？'

我莫有说什么，扶着你回到系船的那棵树下，不知怎样，刹那间我们泛着这叶似的船儿，飘游在这万顷茫然的碧波之上，月光照的如白昼。你站在船头仰望那广漠的天宇，夜风吹送着你的散发，飘到我脸上时我替你轻轻一掠。后来我让你坐在船板上，这只无人把舵的船儿，驾凌着像箭一样在水面上飘过，渐渐看不见那一片柳林，看不见四周的缘岸。远远地似乎有一个塔，走近时原来不是灯塔，是个翠碧如琉璃的宝塔，月光照着发出璀璨的火光，你那时惊呼着指那塔说：

'辛！你看什么！那是什么？

在这时候，我还莫有答应你；忽然狂风卷来，水面上涌来如山立的波涛，浪花涌进船来，一翻身我们已到了船底，波涛卷着我们浮沉在那琉璃宝塔旁去了！我醒来时心还跳着，月光正射在我身上，弟弟在他床上似乎正在梦呓。我觉着冷，遂把椅子上一条绒毡加在身上。

"我想着这个梦，我不能睡了。"

我不能写出我听完这个梦以后的感想，我只觉心头似乎被千斤重闸压着。停了一会儿我忽然伏在他床上哭了！天辛大概也知道不能劝慰我，他叹了口气重新倒在床上。

五、"殉尸"

我怕敲那雪白的病房门，我怕走那很长的草地，在一种潜伏的心情下，常颤动着几缕不能告人的酸意，因之我年假前的两星期没有去看天辛。

记的有一次我去东城赴宴，归来顺路去看他，推开门时他正睡着，他的手放在绒毡外边，他的眉峰紧紧锁着，他的唇枯烧成青紫色，他的脸净白像石像，只有胸前微微的起伏，告诉我他是在睡着。我静静地望着他，站在床前呆立了有廿分钟，我低低唤了他一声，伏在他床上哭了！

我怕惊醒他，含悲忍泪，把我手里握着的一束红梅花，插在他桌上的紫玉瓶里。我在一张皱了的纸上写了几句话："天辛！当梅香唤醒你的时候，我曾在你梦境中来过。"

从那天起我心里总不敢去看他，连打电话给兰辛的勇气也莫有了。我心似乎被群蛆蚕食着，像蜂巢般都变成好些空虚的洞孔。我虔诚着躲闪那可怕的一幕。

放了年假第二天的夜里，我在灯下替侄女编结着一顶绒绳帽。当我停针沉思的时候，小丫头送来一封淡绿色的小信。拆开时是云弟寄给我的，他说："天辛已好了，他让我告诉你。还希望你去看看他，在这星期他要搬出医院了。"

这是很令我欣慰的，当我转过那条街时，我已在铁栏的窗间看见他了，他低着头背着手在那枯黄草地上踱着，他的步履还是那样迟缓而沉重。我走进了医院大门，他才看见我，他很喜欢的迎着我说："朋友！在我们长期隔离间，我已好了，你来时我已可以出来接你了。"

"呵！感谢上帝的福佑，我能看见你由病床上起来……"我底下的话没说完已经有点哽咽，我恨我自己，为什么在他这样欢意中发出这莫名其妙的悲感呢！至现在我都不了解。

别人或者看见他能起来，能走步，是已经健康了，痊愈了罢！我真不敢这样想，他没有舒怡健康的红曆，他没有心灵发出的微笑，他依然是忧丝紧缚的枯骨，依然是空虚不载一物的机械。他的心已由那飞溅冲激的奔流，汇聚成一池死静的湖水，莫有月莫有星，黑沉沉发出呜咽泣声的湖水。

他同我回到病房里，环顾了四周，他说："朋友！我总觉我是痛苦中浸淹了的幸福者，虽然我不曾获得什么，但是这小屋里我永远留恋它，这里有我的血，你的泪！仅仅这几幕人间悲剧已够我自豪了，我不应该在这人间还奢望着上帝所不许我的，我从此知所忏悔了！

"我的病还未好，昨天克老头儿警告我要静养六个月，不然怕转肺结核。"

他说时很不高兴，似乎正为他的可怕的病烦闷着。停了一会他忽然问我：

"地球上最远的地方是那里呢？"

"便是我站着的地方。"我很快的回答他。

他不再说什么，惨惨地一笑！相对默默不能说什么。我固然看见他这种坦然的态度而伤心，就是他也正在为了我的躲闪而可怜，为了这些，本来应该高兴的时候，也就这样黯淡的过去了。

这次来探病，他的性情心境已完全变化，他时时刻刻表现他的体贴我原谅我的苦衷，他自己烦闷愈深，他对于我的态度愈觉坦白大方，这是他极度粉饰的伤心，也是他最令我感泣的原因。他在那天曾郑重地向我声明：

"你还有什么不放心，我是飞入你手心的雪花，在你面前我没有自己。你所愿，我愿赴汤蹈火以寻求，你所不愿，我愿赴汤蹈火以避免。朋友，假如连这都不能，我怎能说是敬爱你的朋友呢！这便是你所认为的英雄主义时，我愿虔诚的在你世界里，赠与你永久的骄傲。这便是你所坚持的信念时，我愿替你完成这金坚玉洁的信念。

"我在医院里这几天，悟到的哲理确乎不少，比如你手里的头绳，可以揣在怀里，可以扔在地下，可以编织成许多时新的花样。我想只要有头绳，一切权力自然操在我们手里，我们高兴编织成什么花样，就是什么。我们的世界是不长久的，何必顾虑许多呢！

"我们高兴怎样，就怎样罢，我只诚恳的告诉你'爱'不是礼赠，假如爱是一样东西，那么赠之者受损失，而受之者亦不见得心安。"

在这缠绵的病床上起来，他所得到的仅是这几句话，唉！他的希望红花，已枯萎死寂在这病榻上辗转呜咽的深夜去了。

我坐到八点钟要走了，他自己穿上大氅要送我到门口，我因他病刚好，夜间风大，不让他送我，他很难受，我也只好依他。他和我在那辉亮的路灯下走过时，我看见他那苍白的脸，颓丧的精神，不觉暗暗伤心！他呢，似乎什么都没有想，只低了头慢慢走着。他送我出了东交民巷，看见东长安街的牌坊，给我雇好车，他才回去。我望着他颀长的人影在黑暗中消失了，我在车上长长地呼了一口气。

就是这天夜里，我做了一个奇怪恐怖的梦。

梦见我在山城桃花潭畔玩耍，似乎我很小，头上梳着两个分开的辫子，又似乎是春天的景致，我穿着一件淡绿衫子。一个人蹲在潭水退去后的沙地上，捡寻着红的绿的好看的圆石。在这许多沙石里边，我捡着一个金戒指，翻过来看时这戒指的正面是椭圆形，里边刊着两个隶字是"殉尸"！

我很吃惊，遂拿了这戒指跑到家里让母亲去看，母亲拿到手里并不惊奇，只淡淡地说："珠！你为什么捡这样不幸的东西呢！"我似乎很了解母亲的话，心里想着这东西太离奇了，而这两个字更令人心惊！我就向母亲说：

"娘！你让我还扔在那里去吧。"

那时母亲莫有再说话，不过在她面上表现出一种忧怖之色。我由母亲手里拿了这戒指走到门口，正要揭帘出去的时候，忽然一阵狂风把帘子刮起，这时又似乎黑夜的状况，在台阶下暗雾里跪伏着一个水淋淋披头散发的女子！

我大叫一声吓醒了！周身出着冷汗，枕衣都湿了。夜静极了，只有风吹着树影在窗纱上摆动。拧亮了电灯，看看表正是两点钟。我忽然想起前些天在医院曾听天辛说过他五六年前的情史。三角恋爱的结果一个去投了海，天辛因为她的死，便和他爱的那一个也撒手断绝了关系。从此以后他再不愿言爱。也许是我的幻想罢，我希望纵然这些兰因絮果是不能逃脱的，也愿我爱莫能助的天辛，使他有忏悔的自救吧！

我不能睡了，瞻念着黑暗恐怖的将来不禁肉颤心惊！

六、一片红叶

这是一个凄风苦雨的深夜。

一切都寂静了，只有雨点落在蕉叶上，淅淅沥沥令人听着心碎。这大概是宇宙的心音罢，它在这人静夜深时候哀哀地泣诉！

窗外缓一阵紧一阵的雨声，听着像战场上金鼓般雄壮，错错落落似鼓枹敲着的迅速，又如风儿吹乱了柳丝般的细雨，只洒湿了几朵含苞未放的黄菊。这时我握着破笔，对着灯光默想，往事的影儿轻轻在我心幕上颤动，我忽然放下破笔，开开抽屉拿出一本红色书皮的日记来，一页一页翻出一片红叶。这是一片鲜艳如玫瑰的红叶，它挟在我这日记本里已经两个月了。往日我为了一种躲避从来不敢看它，因为它是一个灵魂孕育的产儿，同时它又是悲惨命运的纽结。谁能想到薄薄的一片红叶，里面纤织着不可解决的生谜和死谜呢！我已经是泣伏在红叶下的俘虏，但我绝不怨及它，可怜在万千飘落的枫叶里，它衔带了这样不幸的命运。我告诉你们它是怎样来的：

一九二三年十月廿六的夜里，我翻读着一本《莫愁湖志》，有些倦意，遂躺在沙发上假睡。这时白菊正在案头开着，窗纱透进的清风把花香一阵阵吹在我脸上，我微嗅着这花香不知是沉睡，还是微醉！懒松松的似乎有许多回忆的燕儿，飞掠过心海激动着神思的颤动。我正沉恋着逝去的童年之梦，这梦曾产生了金坚玉洁的友情，不可掠夺的铁志；我想到那轻渺渺像云天飞鸿般的前途时，不自禁的微笑了！睁开眼见菊花都低了头，我忽然担心它们的命运，似乎它们已一步一步走进了坟墓，死神已悄悄张着黑翼在那里接引，我的心充满了莫名的悲绪！

大概已是夜里十点钟，小丫头过来也递给我一封信，拆开时是一张白纸，拿到手里从里面飘落下一片红叶。"呵！一片红叶！"我不自禁的喊出来。怔愣了半天，用抖颤的手捡起来一看，上边写着两行字：

满山秋色关不住

一片红叶寄相思

天辛采自西山碧云寺十月二十四日

　　平静的心湖，悄悄被夜风吹绉了，一波一浪汹涌着像狂风统治了的大海。我伏在案上静静地想，马上许多的忧愁集在我的眉峰，我真未料到一个平常的相识，竟对我有这样一番不能抑制的热情。只是我对不住他，我不能受他的红叶。为了我的素志我不能承受它，承受了我怎样安慰他；为了我没有一颗心给他，承受了如何忍欺骗他。我即使不为自己设想，但是我怎能不为他设想。因之我陷入如焚的烦闷里。

　　在这黑暗阴森的夜幕下，窗下蝙蝠飞掠过的声音，更令我觉着战栗！我揭起窗纱见月华满地，斑驳的树影，死卧在地下不动，特别现出宇宙的清冷和幽静。我遂添了一件夹衣，推开门走到院里，迎面一股清风已将我心胸中一切的烦念吹净。无目的走了几圈后，遂坐在茅亭里看月亮，那凄清皎洁的银辉，令我对世界感到了空寂。坐了一会，我回到房里蘸饱了笔，在红叶的反面写了几个字是：

　　　　"枯萎的花篮不敢承受这鲜红的叶儿。"

　　仍用原来包着的那张白纸包好，写了个信封寄还他。这一朵初开的花蕾，马上让我用手给揉碎了。为了这事他曾感到极度的伤心，但是他并未因我的拒绝而中止。他死之后，我去兰辛那里整理他箱子内的信件，那封信忽然又发现在我眼前！拆开红叶依然，他和我的墨泽都依然在上边，只是中间裂了一道缝，红叶已枯干了。我看见它心中如刀割，虽然我在他生前拒绝了不承受的，在他死后我觉着这一片红叶，就是他生命的象征。上帝允许我的祈求罢！我生前拒绝了他的我在他死后依然承受他，红叶纵然能去了又来，但是他呢！是永远不能回来了，只剩了这一片志恨千古的红叶，依然无恙的伴着我，当他抖颤的用手捡起它寄给我时的心情，愿永远留在这鲜红的叶里。

七、象牙戒指

记得那是一个枫叶如荼，黄花含笑的深秋天气。我约了晶清去雨华春吃螃蟹。晶清喜欢喝几杯酒，其实并不大量，仅不过想效颦一下诗人名士的狂放。雪白的桌布上陈列着黄赭色的螃蟹，玻璃杯里斟满了玫瑰酒。晶清坐在我的对面，一句话也不说，一杯杯喝着，似乎还未曾浇洒了她心中的块垒。我执着杯望着窗外，驰想到桃花潭畔的母亲。正沉思着忽然眼前现出茫洋的大海，海上漂着一只船。船头站着激昂慷慨，愿血染了头颅誓志为主义努力的英雄！

在我神思飞越的时候，晶清已微醉了，她两腮的红采，正照映着天边的晚霞，一双惺忪似初醒时的眼，她注视着我执着酒杯的手，我笑着问她：

"晶清！你真醉了吗？为什么总看着我的酒杯呢！"

"我不醉，我问你什么时候带上那个戒指，是谁给你的？"

她很郑重地问我。

本来是件极微小的事吧！但经她这样正式的质问，反而令我不好开口。我低了头望着杯里血红激滟的美酒，呆呆地不语。晶清似乎看出我的隐衷，她又问我道：

"我知道是辛寄给你的吧！不过为什么他偏要给你这样惨白枯冷的东西？"

我听了她这几句话后，眼前似乎轻掠过一个黑影，顿时觉着桌上的杯盘都旋转起来，眼光里射出无数的银线。我晕了，晕倒在桌子旁边！晶清急忙跑到我身边扶着我。过了几分钟我神经似乎复原。我抬起头又斟了一杯酒喝了，我向晶清说：

"真的醉了！"

"你不要难受，告诉我你心里的烦恼，今天你一来我就看见你戴了这个戒指，我就想一定有来由，不然你绝不戴这些装饰品的，尤其这样惨白枯冷的东西。波微！你可能允许我脱掉它，我不愿意你戴着它。"

"不能，晶清。我已经戴了它三天了，我已经决定戴着它和我的灵魂同在，原谅我朋友！我不能脱掉它。"

她的脸渐渐变成惨白，失去了那酒后的红采，眼里包含着真诚的同情，令我更感到凄伤！她为谁呢！她确是为了我，为了我一个光华灿烂的命运，轻轻地束在这惨白枯冷的环内。

天已晚了，我遂和晶清回到学校。我把天辛寄来象牙戒指的那封信给她看，信是这样写的：

"……我虽无力使海上无浪，但是经你正式决定了我们命运之后，我很相信这波涛山立狂风统治了的心海，总有一天风平浪静，不管这是在千百年后，或者就是这握笔的即刻；我们只有候平静来临，死寂来临，假如这是我们所希望的。容易丢去了的，便是兢兢然恋守着的；愿我们的友谊也和双手一样，可以紧紧握着的，也可以轻轻放开。宇宙作如斯观，我们便毫无痛苦，且可与宇宙同在。

双十节商团袭击，我手曾受微伤。不知是幸呢还是不幸，流弹洞穿了汽车的玻璃，而我能坐在车里不死！

这里我还留着几块碎玻璃，见你时赠你做个纪念。昨天我忽然很早起来跑到店里购了两个象牙戒指；一个大点的自己戴在手上，一个小的我寄给你，愿你承受了它。或许你不忍吧！再令它如红叶一样的命运。愿我们用'白'来纪念这枯骨般死静的生命……"

晶清看完这信以后，她虽未曾再劝我脱掉它，但是她心里很难受，有时很高兴时，她触目我这戒指，会马上令她沉默无语。这是天辛来北京前一月的事。

他病在德国医院时，出院那天我曾给他照了一张躺在床上的像，两手抚胸，很明显地便是他右手那个象牙戒指。后来他死在协和医院，尸骸放在冰室里，我走进去看他的时候，第一触目的又是他右手上的象牙戒指。他是戴着它一直走进了坟墓。

八、最后的一幕

人生骑着灰色马和日月齐驰，在尘落沙飞的时候，除了几点依稀可辨的蹄痕外，遗留下什么？如我这样整天整夜的在车轮上回旋，经过荒野，经过闹市，经过古庙，经过小溪；但那鸿飞一掠的残影又遗留在那里？在这万象变幻的世界，在这表演一切的人们，我听着哭声笑声歌声琴声，看着老的少的俊的丑的，都感到了疲倦。因之我在众人兴高采烈，沉迷醺醉，花香月圆时候，常愿悄悄地退出这妃色幕帏的人间，回到我那凄枯冷寂的另一世界。那里有惟一指导我、呼唤我的朋友，是谁呢？便是我认识了的生命。

朋友们！我愿你们仔细咀嚼一下，那盛筵散后，人影零乱，杯盘狼藉的滋味；绮梦醒来，人去楼空，香渺影远的滋味；禁得住你不深深地呼一口气，禁得住你不流泪吗？我自己常怨恨我愚傻——或是聪明，将世界的现在和未来部分析成只有秋风枯叶，只有荒冢白骨；虽然是花开红紫，叶浮碧翠，人当红颜，景当美丽时候。我是愈想超脱，愈自沉溺，愈要撒手，愈自系恋的人，我的烦恼便绞锁在这不能解脱的矛盾中。

今天一个人在深夜走过街头，每家都悄悄紧闭着双扉，就连狗都蜷伏在墙根或是门口酣睡，一切都停止了活动归入死寂。我驱车经过桥梁，望着护城河两岸垂柳，一条碧水，星月灿然照着，景致非常幽静。我想起去年秋天天辛和我站在这里望月，恍如目前的情形而人天已隔，我不自禁的热泪又流到腮上。

"珠！什么时候你的泪水流完呢？"这是他将死的前两天问我的一句话。这时我仿佛余音犹缭绕耳畔，我知他遗憾的不是他的死，确是我的泪！他的坟头在雨后忽然新生了一株秀丽的草，也许那是他的魂，也许那是我泪的结晶！

我最怕星期三，今天偏巧又是天辛死后第十五周的星期三。星期三是我和辛最后一面，他把人间一切的苦痛烦恼都交付给我的一天。唉！上帝！容我在这明月下忏悔罢！十五周前的星期三，我正伏在我那形消骨立枯瘦如柴的朋友床前流泪！他的病我相信能死，但我想到他死时又觉着不会死。可怜我的泪滴在他炽热的胸膛时，他那深凹的眼中也涌出将尽的残泪，他紧嚼着下唇握着我的手抖颤，半天他才说：

"珠！什么时候你的泪才流完呢！"

我听见这话更加哽咽了，哭得抬不起头来，他掉过头去不忍看我，只深深地将头埋在枕下。后来我扶起他来，喂了点桔汁，他睡下后说了声："珠！我谢谢你这数月来的看护……"底下的话他再也说不出来，只瞪着两个凹陷的眼望着我。那时我真觉怕他，浑身都出着冷汗。我的良心似乎已轻轻拨开了云翳，我跪在他病榻前最后向他说：

"辛，你假如仅仅是承受我的心时，现在我将我这颗心双手献在你面前，我愿它永久用你的鲜血滋养，用你的热泪灌溉。辛，你真的爱我时，我知道你也能完成我的主义，因之我也愿你为了我牺牲，从此后我为了爱独身的，你也为了爱独身。"

他抬起头来紧握住我手说：

"珠！放心。我原谅你，至死我也能了解你，我不原谅时我不会这样缠绵的爱你了。但是，珠！一颗心的颁赐，不是病和死可以换来的，我也不肯用病和死，换你那颗本不愿给的心。我现在并不希望得你的怜恤同情，我只让你知道世界上有我是最敬爱你的。我自己呢，也曾爱过一个值的我敬爱的你。珠！我就是死后，我也是敬爱你的，你放心！"

他说话时很（有）勇气，像对着千万人演说时的气概，我自然不能再说什么话，只默默地低着头垂泪！

这时候一个俄国少年进来，很诚恳的半跪着在他枯蜡似的手背上吻了吻，掉头他向我默望了几眼，辛没有说话只向他惨笑了一下，他向我低低说：

"小姐！我祝福他病愈。"说着带上帽子匆匆忙忙的去了。这时他的腹部又绞痛的厉害，在床上滚来滚去的呻吟，脸上苍白的可怕。我非常焦急，去叫他弟弟的差人还未见回来，叫人打电话请兰辛也不见回话，那时我简直呆了，只静静地握着他焦炽如焚的手垂泪！过没有一会弟弟来了，他也莫有和他多说话只告他腹疼得厉害。我坐在椅子上面开开抽屉无聊的乱翻，看见上星期五的他那封家书，我又从头看了一遍。他忽掉头向我说：

"珠！真的我忘记告你了，你把它们拿去好了，省的你再来一次检收。"

我听他话真难受，但怎样也想不到星期五果然去检收他的遗书。他也真忍心在他决定要死的时候，亲口和我说这些诀别的话。那时我总想他在几次大病的心情下，不免要这样想，但未料到这就是最后的一幕了。我告诉静弟送他进院的手续，因为学校下午开校务会我须出席，因之我站在他床前说了声："辛！你不用焦急，我已告诉静弟马上送你到协和去，学校开会我须去一趟，有空我就去看你。"那时我真忍心，也莫有再回头看他就走了，假如我回头看他时，我一定能看见他对我末次目送的惨景……

呵！这时候由天上轻轻垂下这最后的一幕！

他进院之后兰辛打电话给我，说是急性盲肠炎已开肚了。开肚最后的决定，兰辛还有点踌躇，他笑着拿过笔自己签了字，还说："开肚怕什么？你也这样伤脑筋。"兰辛怕我见了他再哭，令他又难过；因之，他说过一二天再来看他。哪知就在兰辛打电话给我的那晚上就死了。

死时候莫有一个人在他面前，可想他死时候的悲惨！他虽然莫有什么不放心在这世界上，莫有什么留恋在这世界上；但是假如我在他面前或者兰辛在面前时，他总可瞑目而终，不至于让他睁着眼等着我们。

缄情寄向黄泉

　　我如今是更冷静、更沉默的挟着过去的遗什去走向未来的。我四周有狂风，然而我是掀不起波澜的深潭；我前边有巨涛，然而我是激不出声响的顽石。

　　颠沛搏斗中我是生命的战士，是极勇敢，极郑重，极严肃的向未来的城垒进攻的战士。我是不断地有新境遇，不断的有新生命的；我是为了真实而奋斗，不是追逐幻象而疲奔的。

　　知道了我的走向人生的目标。辛，一年来我虽然有不少的哀号和悲忆，你也不须为生的我再抱遗恨和不安。如今我是一道舒畅平静向大海去的奔流；纵然缘途在山峡巨谷中或许发出凄痛的呜咽！那只是积沙岩石旋涡冲击的原因，相信它是会得到平静的，会得到创造真实生命的愉快的，它是一直奔到大海去的。

　　辛！你的生命虽不幸早被腐蚀而夭逝，不过我也不过分的再悼感你在宇宙间曾存留的幻体。我相信只要我自己生命闪耀存在于宇宙一天，你是和我同在的。辛！你要求于人间的，你希望于我自己的，或许便是这些罢！

　　深刻的情感是受过长久的理智的熏陶的。是由深谷底潜流中一滴一滴渗透出来的。我是投自己于悲剧中而体验人生的。所以我便牺牲人间一切的虚荣和幸福，在这冷墟上，你的坟墓上，培植我用血泪浇洒的这束野花来装饰点缀我们自己创造下的生命。辛！除了这些我不愿再告你什么，我想你果真有灵，也许赞助我一样的努力。

一年之后，世变几迁，然而我的心是依然这样平静冷寂的，抱持着我理想上的真实而努力。有时我是低泣，有时我是痛哭；低泣，你给与我的死寂；痛哭，你给与我的深爱。然而有时我也很快乐，我也很骄傲。我是睥视世人微微含笑，我们的圣洁的高傲的孤清的生命是巍然峙立于皑皑的云端。

生命的圆满，生命的圆满，有几个懂得生命的圆满？那一般庸愚人的圆满，正是我最避忌恐怖的缺陷。我们的生命是肉体和骨头吗？假如我们的生命是可以毁灭的幻体，那么，辛！我的这颗迂回潜隐的心，也早应随你的幻体而消逝。我如今认识了一个完成的圆满生命是不能消灭，不能丢弃，不能忘记；换句话说，就是永远存在。多少人都希望我毁灭，丢弃，忘记，把我已完成的圆满生命抛去。我终于不能。才知道我们的生命并未死，仍然活着，向前走着，在无限的高处创造建设着。

我相信你的灵魂，你的永远不死的心，你的在我心里永存的生命；是能鼓励我，指示我，安慰我，这孤寂凄清的旅途。我如今是愿挑上这付担子走向遥远的黑暗的，荆棘的生到死的道上。一头我挑着已有的收获，一头我挑着未来的耕耘，这样一步一步走向无穷的。

自你死后，我便认识了自己，更深的了解自己。同时朋友中是贤最知道我，他似乎这样说过：

"她生来是一道大江，你只应疏凿沙石让她舒畅的流入大海，断不可堵塞江口，把水引去点缀帝王之家的宫殿楼台。"

辛！应该感谢他！他自从由法华寺归路上我晕厥后救护起，一直到我找到了真实生命；他都是启示我，指导我，帮助我，鼓励我。由积沙岩石的旋涡波涌中，把我引上了坦平的海道。如今，我能不怨愤，不悲哀，没有沉重的苦痛永远缠绕的，都是因为我已有了奔流的河床。只要我平静的舒畅的流呵，流呵，流到一个归宿的地方去，绝无一种决堤泛滥之灾来阻挠我。

辛！你应感谢他！你所要在死后希望我要求我努力的前途，都是你忠诚的朋友，他一点一滴的汇聚下伟大的河床，帮助我移我的泉水在上边去奔流，无阻碍奔向大海去的。像我目下这样夜静时的心情，能这样平淡的写这封信给你，你也会奇怪我罢！我已不是从前呜咽哀号，颓丧消沉的我；我是沉默深刻，容忍涵蓄一切人间的哀痛，而努力去寻求生命的真确的战士。

我不承认这是自骗的话。因为我的路是这样自然，这样平坦的走去的。放心！你别我一年多，而我能这般去辟一个理想的乐园，也许是你惊奇的罢！

你一定愿意知道一点，关于弟弟的消息，前三天我忽然接到他一封信，他现在是被你们那古旧的家庭囚闭着，所以他已失学一年多了。这种情形，自然你会伤感的，假如你要活着，他绝对不能受这样的苦痛，因为你是能帮助他脱却一切桎梏而创造新生命的。如今他极愤激，和你当日同你家庭暗斗的情形一样。而我也很相信静弟是能觅到他的光明的前途的，或者你所企望的一切事业志愿，他都能给你在圆满的完成。他的信是这样说的：

> 自别京地回家之后，实望享受几天家庭的乐趣，以慰我一年来感受了的苦痛。谁知我得到的，是无限量的烦恼！
>
> 我回来的时候，家中已决定令我废学，及我归后，复屡次向我表示斯旨，我虽竭词解释，亦无济于事。
>
> 读姊来信，说那片荒凉的境地，也被践踏蹂躏而不

得安静，我更替我黄泉下的哥哥愤激！不料一年来的变迁，竟有如斯其悲惨！

一切境遇，一切遭逢，皆足以使人伤心掉泪！

我希望于家庭的，是要藉得他来援助完成我的志愿，我的事业；但家庭则不然。他使我远近游学的一点心迹，是希望我猎得一些禄位金钱来荣祖墓家风。这些事我们青年人看起来，就是头衔金银冠里满身，那也算不了什么稀奇的光荣！我每想到环境的压迫，恒愿一死为快。但是到了死的关头，好像又有许多不忍的观念来掣肘似的。我不愿死，我死固不足惜；但我死而一切该死的人不能竟行死去。我将以此不死的躯骸，向着该死的城垒进攻！

我现在的希望已绝，但我仍流连不忍即离去者，实欲冀家庭之能有一时觉悟，如我心愿亦未可定！如或不然，我将决于明年为行期，毅然决然的要离开他，远避他，和他行最后决裂的敬礼。

愿你勿为了一切黑暗的，荆棘的环境愁烦！我们从生到死的途径上，就像日的初升，纵然有时被浮云遮蔽，仍然是要继续发光的。

我们走向前去吧！我们走向前去吧！环境的阻挠在我们生命的途中，终于是等若浮云。

辛！是残月深更，在一个冷漠枯寂的初冬之夜，我接读静弟这封依稀是你字迹、依稀是你语句的信。久不流的酸泪又到了眶边，我深深的向你遗像叹息！记得静弟未离京时，他曾告过贤以他将来前途的黯淡，他那时便决心要和家庭破裂。是我和贤婉劝他，能用善良的态度去感化而有效时，千万不要和家庭破裂。因为思想的冲突，是环境时代不同时差别之争。应该原谅老年人们的陈腐思想，是一时代中的产物；并不是他对于子女有意对垒似的向你宣战。因之，能辗转委婉去和家庭解释，令他能觉悟到什么是现代青年人应做的工作，自我的警策。令他知道我们青年人，绝对再不能为古旧的家庭或社会作涂饰油彩的机械傀儡。父母年老，假如一旦你的消息泄漏，静弟再远走愤去，那你们家庭的惨淡、黑暗、悲痛，定连目下都不如，这也不是你的愿意和静弟的希望罢！所以我一直都系念着静弟，那最后决裂的敬礼。

认识我们，和我们要好的朋友，现在大半都云散四方，去创造追求各个的生命希望去了。只有你的贤哥，和我的晶妹，还在这块你埋骨的地方，伴着你。朋友们都离京后，时局也尽在幻变，陷入死境，要找寻前二年的那种环境和兴趣已不可得。所以连你坟头都那样凄寂。去年那些小弟弟们，知道你未曾见过你的朋友们，他们都是常常在你的墓畔喝酒野餐，痛哭高歌的。帮助我建碑种树修墓的都是他们。如今，连这个梦也闭幕了。你墓头不再有那样欢欣，那样热闹的聚会了。他们都走向远方去了。

自从那块地方驻兵后，连我都不敢常去。任你墓头变成了牧场，牛马践踏蹂躏了你的墓砖，吃光了环绕你墓的松林，那块白石的墓碑上有了剥蚀的污秽的伤痕。我们不幸在现代作人受欺凌不能安静，连你作鬼的坟茔都要受意外的灾劫；说起来真令人愤激万分。辛！这世界，这世界，四处都是荆棘，四处都是刀兵，四处都是喘息着生和死的呻吟，四处都洒滴着血和泪的遗痕。我是撑着这弱小的身躯，投入在这腥风血雨中搏战着走向前去的战士，直到我倒毙在旅途上为止。

我并不感伤一切既往，我是深谢着你是我生命的盾牌；你是我灵魂的主宰。从此我是自在的流，平静的流，流到大海的一道清泉。辛！一年之后，我在辗转哀吟，流连痛苦之中，我能告诉你的，大概只有这些话。你永久的沉默死寂的灵魂呵！我致献这一篇哀词于你吐血的周年这天。

十五年十一月十八日

狂风暴雨之夜

　　该记得罢！泰戈尔到北京在城南公园雩坛见我们的那一天，那一天是十三年四月二十八号的下午，就是那夜我接到父亲的信，寥寥数语中，告诉我说道周死了！当时我无甚悲伤，只是半惊半疑的沉思着。第二天我才觉到难过，令我什么事都不能做。她那活泼的倩影，总是在我眼底心头缭绕着。第三天便从学校扶病回来，头疼吐血，遍体发现许多红斑，据医生说是猩红热。

　　我那时住在寄宿舍里院的一间破书斋，房门口有株大槐树，还有一个长满茅草荒废倾斜的古亭。有月亮的时候，这里别有一种描画不出的幽景。不幸扎挣在旅途上的我，便倒卧在这荒斋中，一直病了四十多天。在这冷酷、黯淡、凄伤、荒凉的环境中，我在异乡漂泊的病榻上，默咽着人间一杯一杯的苦酒。那时我很愿因此病而撒手，去追踪我爱的道周。在病危时，连最后寄给家里、寄给朋友的遗书，都预备好放在枕边。病中有时晕迷，有时清醒，清醒时便想到许多人间的纠结；已记不清楚了，似乎那令我病的原因，并不仅仅是道周的死。

　　在这里看护我的起初有小苹，她赴沪后，只剩了一个女仆，幸好她对我很忠诚，像母亲一样抚慰我，招呼我。来看我的是晶清和天辛。自然还有许多别的朋友和同乡。病重的那几天，我每天要服三次药；有几次夜深了天辛跑到极远的街上去给我配药。

在病中，像我这只身漂零在异乡的人，举目无亲，无人照管；能有这样忠诚的女仆，热心的朋友，真令我感激涕零了！虽然，我对于天辛还是旧日态度，我并不因感激他而增加我们的了解，消除了我们固有的隔膜。

有一天我病的很厉害，晕迷了三个钟头未曾醒，女仆打电话把天辛找来。那时正是黄昏时候，院里屋里都罩着一层淡灰的黑幕，沉寂中更现得凄凉，更现得惨淡。我醒来，睁开眼，天辛跪在我的床前，双手握着我的手，垂他的头在床缘；我只看见他散乱的头发，我只觉他的热泪濡湿了我的手背。女仆手中执着一盏半明半暗的烛，照出她那悲愁恐惧的面庞站在我的床前！这时候，我才认识了真实的同情，不自禁的眼泪流到枕上。我掉转脸来，扶起天辛的头，我向他说："辛！你不要难受，我不会这容易的死去。"自从这一天，我忽然觉得天辛命运的悲惨和可怜，已是由他自己的祭献而交付与上帝，这那能是我弱小的力量所能挽回。因此，我更害怕，我更回避，我是万不能承受他这颗不应给我而偏给我的心。

正这时候，他们这般人，不知怎样惹怒了一位国内的大军阀，下了密令指明的逮捕他们，天辛也是其中之一。因为我病，这事他并未先告我，我二十余天不看报，自然也得不到消息。

有一夜，我扎挣起来在灯下给家里写信，告诉母亲我曾有过点小病如今已好的消息。这时窗外正吹着狂风，振撼得这荒斋像大海汹涌中的小舟。树林里发出极响的啸声，我恐怖极了，想象着一切可怕的景象，觉着院外古亭里有无数的骷髅在狂风中舞蹈。少时，又增了许多点滴的声音，窗纸现出豆大的湿痕。我感到微寒，加了一件衣服，我想把这封信无论如何要写完。

抬头看钟正指到八点半。忽然听见沉重的履声和说话声，我惊奇地喊女仆。她推门进来，后边还跟着一个男子，我生气的责骂她，是谁何不通知我便引进来。她笑着说是"天辛先生"，我站起来细看，真是他，不过他是化装了，简直认不出是谁。我问他为什么装这样子，而且这时候狂风暴雨跑来。他又苦笑着不理我。

半天他才告我杏坛已捕去了数人，他的住处现尚有游警队在等候着他，今夜是他冒了大险特别化装来告别我，今晚十一时他即乘火车逃逸。我病中骤然听见这消息，自然觉得突兀，而且这样狂风暴雨之夜，又来了这样奇异的来客。当时我心里很战栗恐怖，我的脸变成了苍白！他见我这样，竟强作出镇静的微笑，劝我不要怕，没要紧，他就是被捕去坐牢狱他也是不怕的，假如他怕就不做这项事业。

他要我珍重保养初痊的病体，并把我吃的西药的药单留给我自己去配。他又告我这次想乘机回家看看母亲，并解决他本身的纠葛。他的心很苦，他屡次想说点要令我了解他的话，但他总因我的冷淡而中止。他只是低了头叹气，我只是低了头咽泪。狂风暴雨中我和他是死一样的沉寂。

到了九点半，他站起身要走，我留他多坐坐。他由日记本中写了一个 Bovia 递给我，他说我们以后通信因检查关系，我们彼此都另呼个名字，这个名字我最爱。所以赠给你，愿你永远保存着它。这时我强咽着泪，送他出了屋门，他几次阻拦我病后的身躯要禁风雨，不准我出去；我只送他到了外间。我们都说了一句前途珍重努力的话，我一直望着他的顾影在黑暗的狂风暴雨中消失。

我大概不免受点风寒又病了一星期才起床。后来他来信，说到石家庄便病了，因为那夜他被淋了狂风暴雨。

如今，他是寂然的僵卧在野外荒冢。但每届狂风暴雨之夜，我便想起两年前荒斋中奇异的来客。

十五年十一月廿五日

我只合独葬荒丘

昨夜英送我归家的路上，他曾说这样料峭的寒风里带着雪意，夜深时一定会下雪的。那时我正瞻望着黑暗的远道，没有答他的话。今晨由梦中醒来，揭起帐子，由窗纱看见丁香枯枝上的雪花，才知道果然，雪已在梦中悄悄地来到人间了。

窗外的白雪照着玻璃上美丽的冰纹，映着房中熊熊的红炉，我散着头发立在妆台前沉思，这时我由生的活跃的人间，想到死的冷静的黄泉。

这样天气，坐在红炉畔，饮着酽的清茶，吃着花生瓜子栗子一类的零碎，读着喜欢看的书，或和知心的朋友谈话，或默默无语独自想着旧梦，手里织点东西，自然最舒适了。我太矫情！偏是迎着寒风，扑着雪花，向荒郊野外，乱坟茔中独自去徘徊。

我是怎样希望我的生命，建在美的，冷的，静的基础上。因之我爱冬天，尤甚冬天的雪和梅花。如今，往日的绮梦，往日的欢荣，都如落花流水一样逝去，幸好还有一颗僵硬死寂的心，尚能在寒风凄雪里抖颤哀泣。于是我抱了这颗尚在抖战、尚在哀号的心，无目的迷惘中走向那一片冰天雪地。

到了西单牌楼扰攘的街市上，白的雪已化成人们脚底污湿的黑泥。我抬头望着模糊中的宣武门，渐渐走近了，我看见白雪遮罩着红墙碧瓦的城楼。门洞里正过着一群送葬的人，许多旗牌执事后面，随着大红缎罩下黑漆的棺材；我知道这里面装着最可哀最可怕的"死"！棺材后是五六辆驴车，几个穿孝服的女人正在轻轻的抽噎着哭泣！这刹那间的街市是静穆严肃，除了奔走的车夫，推小车买蔬菜的人们外，便是引导牵系着这沉重的悲哀，送葬者的音乐，在这凄风寒雪的清晨颤荡着。

凄苦中我被骆驼项下轻灵灵的铃声唤醒！车已走过了门洞到了桥梁上。我望着两行枯柳夹着的冰雪罩了的护城河。这地方只缺少一个月亮，或者一颗落日便是一幅疏林寒雪。

雪还下着，寒风刮的更紧，我独自趋车去陶然亭。

在车上我想到十四年正月初五那天，也是我和天辛在雪后来游陶然亭，是他未死前两个月的事。说起来太伤心，这次是他自己去找墓地。我不忍再言往事，过后他有一封信给我，是这样写的：

珠！昨天是我们去游陶然亭的日子，也是我们历史上值得纪念的日子。我们的历史一半写于荒斋，一半写于医院，我希望将来便完成在这里。珠！你不要忘记了我的嘱托，并将一切经过永远记在心里。

我写在城根雪地上的字，你问我："毁掉吗？"随即提足准备去踏，我笑着但是十分勉强的说："踏去吧！"虽然你并未曾真的将它踏掉，或者永远不会有人去把它踏掉；可是在你问我之后，我觉着我写的那"心珠"好像正开着的鲜花，忽然从枝头落在地上，而且马上便萎化了！我似乎亲眼看见那两个字于一分钟内，由活体立变成僵尸；当时由不得感到自己命运的悲惨，并有了一种送亡的心绪！所以到后来桔瓣落地，我利其一双成对，故用手杖掘了一个小坑埋入地下，笑说："埋葬了我们罢!"我当时实在是祷告埋葬了我那种悼亡的悲绪。我愿我不再那样易感,那种悲绪的确是已像桔瓣一样的埋葬了。

我从来信我是顶不成的,可是昨天发现有时你比我还不成。当我们过了葛母墓地往南走的时候,我发觉你有一种悲哀感触,或者因为我当时那些话说的令人太伤心了!唉!想起了,"我只合独葬荒丘"的话来,我不由的低着头叹了一口气。你似乎注意全移到我身上来笑着唤:"回来吧!"我转眼看你,适才的悲绪已完全消失了。就是这些不知不觉的转移,好像天幕之一角,偶然为急风吹起,使我得以窥见我的宇宙的隐秘,我的心意显着有些醉了。后来吃饭时候,我不过轻微的咳嗽了两下,你就那么着急起来;珠!你知道这些成就得一个世界是怎样伟大么?你知道这些更使一个心贴伏在爱之渊底吗?

在南下洼我持着线球,你织着绳衣,我们一边走一边说话,太阳加倍放些温热送回我们;我们都感谢那样好的天气,是特为我们出游布置的。吃饭前有一个时候,你低下头织衣,我斜枕着手静静地望着你,那时候我脑际萦绕着一种绮思,我想和你说;但后来你抬起头来看了看我,我没有说什么,只拉着你的手腕紧紧握了一下。这些情形和苏伊士梦境归来一样,我永永远远不忘它们。

命运是我们手中的泥,我们将它团成什么样子,它就得成为什么样子;别人不会给我们命运,更不要相信空牌位子前竹签洞中瞎碰出来的黄纸条儿。

我病现已算好那能会死呢!你不要常那样想。

两个月后我的恐怖悲哀实现了，他由活体变成僵尸！四个月后他的心愿达到了，我真的把他送到陶然亭畔，葛母墓旁那块他自己指给我的草地上埋葬。

我们一切都像预言，自己布下凄凉的景，自己去投入排演。如今天辛算完了这一生，只剩我这漂泊的生命，尚在扎挣颠沛之中，将来的结束，自然是连天辛都不如的悲惨。

车过了三门阁，便有一幅最冷静最幽美的图画展在面前，那坚冰寒雪的来侵令我的心更冷更僵连抖战都不能。下了车，在这白茫茫一片无人践踏、无人经过的雪地上伫立不前。假如我要走前一步，白云里便要留下污黑的足痕；并且要揭露许多已经遮掩了的缺陷和恶迹。

我低头沉思了半晌，才鼓着勇气踏雪过了小桥，望见挂着银花的芦苇，望见隐约一角红墙的陶然亭，望见高峰突起的黑窑台，望见天辛坟前的白玉碑。我回顾零乱的足印，我深深地忏悔，我是和一切残忍冷酷的人类一样。

我真不能描画这个世界的冷静，幽美，我更不能形容我踏入这个世界是如何的冷静，如何的幽美。这是一幅不能画的画，这是一首不能写的诗，我这样想。一切轻笼着白纱，浅浅的雪遮着一堆一堆凸起的孤坟，遮着多少当年红颜皎美的少女，和英姿豪爽的英雄，遮着往日富丽的欢荣，遮着千秋遗迹的情爱，遮着苍松白杨，遮着古庙芦塘，遮着断碣残碑，遮着人们悼亡时遗留在这里的悲哀。

洁白凄冷围绕着我，白坟，白碑，白树，白地，低头看我白围巾上却透露出黑的影来。寂静得真不像人间，我这样毫无知觉的走到天辛墓前。我抱着墓碑，低低唤着他的名字，热的泪融化了我身畔的雪，一滴一滴落在雪地，和着我的心音哀泣！天辛！

你那能想到一年之后，你真的埋葬在这里，我真能在这寒风凛冽，雪花飞舞中，来到你坟头上吊你！天辛！我愿你先知，你应该怎样难受呢！怕这迷漫无际的白雪，都要化成潋滟生波的泪湖。

我睁眼四望，要寻觅我们一年前来到这里的遗痕，我真不知，现在是梦，还是过去是梦？天辛！自从你的生命如彗星一闪般陨坠之后，这片黄土便成了你的殡宫。从此后呵！永永远远再看不见你的顽影，再听不见你音乐般的语声！

雪下得更紧了，一片一片落到我的襟肩，一直融化到我心里；我愿雪把我深深地掩埋，深深地掩埋在这若干生命归宿的坟里。寒风吹着，雪花飞着，我像一座石膏人形一样矗立在这荒郊孤冢之前，我昂首向苍白的天宇默祷；这时候我真觉空无所有，亦无所恋，生命的灵焰已渐渐地模糊，忘了母亲，忘了一切爱我怜我同情我的朋友们。

正是我心神宁静的如死去一样的时候，芦塘里忽然飞出一对白鸽，落到一棵松树上；我用哀怜的声音告诉它，告诉它不要轻易泄漏了我这悲哀，给我的母亲，和一切爱我怜我同情我的朋友们。

我遍体感到寒冷僵硬，有点抖战了！那边道上走过来一个银须飘拂，道貌巍然的老和尚，一手执着伞，一手执着念珠，慢慢地到这边来。我心里忽然一酸，因为这和尚有几分像我故乡七十岁的老父。他已惊破我的沉寂，我知此地不可再久留，我用手指在雪罩了的石桌上写了"我来了"三个字，我向墓再凝视一度，遂决然地离开这里。

归途上，我来时的足痕已被雪遮住。我空虚的心里，忽然想起天辛在病榻上念茵梦湖：

"死时候呵！死时候，我只合独葬荒丘！"

十五年十二月六日

婧　君

四年前我在学校时，你的影子已深深入了我的心衣。我爱你姗姗清雅的姿态，我爱你温柔多情的性格。记得一个游艺会中，请你去弹古琴，那时你曾在嘈杂的人声里，弹出高山流水的清音。你穿着一件黑绒的夹衣，襟头绣着小小的一朵白玫瑰，素雅高洁中，令满座的来宾都静悄悄征服在你的玉腕下，凄凄切切的哀音，许多人都听的泫然泪落！那时我心里觉到你将来不免是悲剧的人物，而且你的冷淡高洁的灵魂中似乎已潜伏下悲哀的种子。

你毕业后，我有一次在图书展览会看到你的作品，淡雅宜人，更令我敬慕你的艺术天才；我想你假如不是你那富贵安乐的环境羁系你，将来的成就，自然不是我所敢限量。遇合有缘，四年后我又能和你在一校，相聚教读，而且我们成了很熟的朋友，在这淡淡的友谊中，我更认识了你的个性，你是一个富有东方柔弱性的女孩儿。所以你多情多艺多愁多病，镇天都是诗卷彩笔药炉明镜伴着你寂寞的深闺。

三月来我窥见你心深处的忧愁，然而我不愿冒昧的问讯你，我又隐隐约约的安慰你，劝解你；想不到今天的茜纱窗下听你告我你心中的郁结，令我一旦明白了你忧愁的对象。可怜你陷于苦恼困于矛盾中的心情，又横被旧礼教旧道德的利箭穿凿粉碎！令你辗转在旧制度下呻吟哀泣，而不能求得心情之寄栖。听完时我哭了。怕你病中增加哀悔，所以我偷偷咽下去，换上笑靥来安慰你。

婧君！我哭你同时也是哭我自己，我伤感你同时也是伤感我自己。世界上惟有同在一种苦痛下的呻吟能应和，同在一种烦闷下的心情能相怜。因之，我今天听了你那披肝沥胆的心腹之谈，真令我惨然泫然，不知涕零之何从？

我如今已是情场逃囚，经历多少苦痛才超拔得出的沉溺者，想当年，我也是像你一样骄傲着自己的青春和爱情，而不愿轻易施与和抛掷的。那料到爱情偏是盲目的小儿，我们又是在这种新旧嬗替时代，可怜我们便作了制度下的牺牲者。心上插着利剑，剑头上一面是情，一面是理，一直任它深刺在心底鲜血流到身边时，我们辗转哀泣在血泊中而不能逃逸。婧君！我六载京华，梦醒后又添了无限惆怅！徒令死者抱恨，生者含悲，一缕天真纯洁的爱丝，纠结成一团不可纷解的愁云；在这阴暗惨淡的愁云下，青春和爱情逝去了永无踪影。幸如今我已艰险备尝，人世经历既多，情感亦戕残无余，觉往事虽属恨憾，然宇宙为缺陷的宇宙，我又何力能补填此茫茫无涯之缺陷？

不过我总希望一切制度环境能由我们的力量改换，人生的兴趣，只为了满足希望和欲求而努力，所以我有时候是不赞成你这种不勇斗的态度，而退让给你的敌人来袭击你至于死的。一方面我怨恨自己不幸便成了这恶势力下的俘虏，一方面我愤慨这种痛苦，不仅害了我，还正在害着许多人。而你便是被这铁锤击伤的一个同病者。我是和你一样，我的爱情是坚贞不移的，我的理智是清明独断的，所以发生了极端的矛盾。为了完成爱情，则理智陷于绝境，我不愿作旧制度下之叛徒，为了成全理智，则爱憎陷于绝境，我又不愿作负义的薄幸人。这样矛盾未解决前，我已铸成了不可追悔的大错，令爱我的 K 君陷于死境，以解决此不能解之纠结。

然而这并不是我们所希望，幸福的爱情之果。

今天你告我你只有死，为了他已结过婚，你不能不顾忌一切去另辟你们的园地；同时你很爱他，不完成你的爱时你又不能弃置他去另求寄栖。我不知该怎么帮助你解决此难题，我不知该怎样鼓励你去完成你的美满人生？我想你还是在生之途去奋斗，不要去死之途求躲避。只要你信任你们中间的爱情，只要你愿意完成你们的爱情，那么，你尽可不顾一切，不管家族亲朋社会上给与你多少的鄙视和非难，去创造你光明的幸福的前途，实现你美满的人生去吧！婧君！在你未死前我愿你奋斗而去创造新生命，并摒弃你一切的病痛；不要令自己悒郁而终，抱恨千古。一样是博不得旧社会的同情，你又何必令旧礼教笑你这不勇的叛徒呢！我愿你求生作一个反抗一切的新女子，我愿你求死作一个屈伏名教中之罪人。时乎，时乎不再来，刹那间稍纵即逝的青春和爱情，你要用你的力量捉住她，系住她，不要让她悄悄地过去了，徒自追悔。

从前我是信仰命运天定说的，现在我觉那都是懒惰懦弱人口中的护符，相信我们的力，我们的力是能一日夜换过一个宇宙的。我们的力是能毁灭一切，而重新铸建的；我们的力是能挽死回生的。婧君！你相信你的力，相信你的力量之伟大！

结婚以爱情为主。道德不道德，亦视爱情之纯洁与否？至于一切旧制度之名分自然不值识者一笑！我们为了爱情而生，为了生命求美满而生，我们自然不是迎合旧社会旧制度而生，果然，又何苦要有革命！

假如这都是我忏悔的话时，你一定不惊奇我的大胆了。自从你得病以来，我已知你源于多愁，然而素昧平生的我，终于不愿向你探询，只暗暗祷祝你有一天病魔去了，围着你的阴霾也逃了。那天你问到我烦闷的前尘，如烟雾般已经消散了的往事，更令我对你有了同感，而深知自己前尘之错误，愿警告你万勿再以生命作最后之抛掷，而遗悔终生。

我真怕你那深陷的眼里涌出的泪泉，我真怕你黄瘦憔悴的双颊，满载了愁烦的双肩。当你告我你的姊妹由天津写长信责你时，我感到了骨肉之无情，和你自己遭际之不幸。假如没有当初姊姊一番热心的介绍，你何机能造此一段孽缘呢？也许她现在想排解你们中间的忧愁，解铃还是系铃人，她想离间你们抹去以前旧痕的。婧君！你苦我已尽知。但我仍请你宽怀自解！留得此身在可作永久之奋斗，万勿意冷心灰而祈求速死以自戕！

今天我归来心情异常恶劣，逼于你的病躯危殆，我又不能不书此一慰，并求另有所努力。然而这些矛盾话你也许要笑我自圆其说吧！

最后我祝你去欢迎你的新生命，进行免除痛苦的工作，我这里备好满满的一杯酒预祝你的胜利！

（这封信是婧君病中我写给她的，记得是十五年六月十一日。暑假前我临归山城时，得到了她病重的消息，因她已迁入德国医院我不愿去看她。暑假后我回京知她已迁居，有一天下午我去看她，她家中因她病重拒绝我，未曾令我见着她。但是那夜我接到 W 君的电话，是她知我去看她，怕我因未见她而怅惘，特令 W 君来电告我她的病况而慰安我的。

中秋前二日，深夜中她的好友 A 君来找我，得到（知）了她已脱离尘世的烦恼撒手而去了！我心中感到了莫名的悽怆，虽然她的死已在我意中。

　　她死时很清醒，令她的家人打电话把 W 君请来，临终她虽然默无一语。但她心中正不知纠结着多少离愁和别恨呢！死后的那一夜，W 君伴着她的尸体坐了一夜，婧君有灵，也许她感到满足，她死在她爱人的面前；而暴露这一副骸骨给旧社会，这是她最后的战略！

　　再见她时已是一棺横陈，她家人正在举哀痛哭！灵前挂着许多挽联，似乎都是赞扬她的，哀悼她的，惋惜她的。然而这些人也正是她生前揶揄她的，嘲笑她的。毁谤她的！)

寄海滨故人

（一）

这时候我的心流沸腾的像红炉里的红焰，一支一支怒射着，我仿佛要烧毁了这宇宙似的；推门站在寒风里吹了一会，抬头看见冷月畔的孤星，我忽然想到给你写这封信。

露沙！你听见我这样喊你时，不知你是惊奇还是抖颤！假如你在我面前，听了我这样喊你的声音，你一定要扑到我怀中痛哭的。世界上爱你的母亲和涵都死了，知道你同情你可怜你，看你由畸零而走到幸福，由幸福又走到畸零的却是我。露沙！我是盼望着我们最近能见面，我握住你的手，由你饱经忧患的面容上，细认你逝去的生命和啼痕呢！

半年来，我们音信的沉寂，是我有意的隔绝，在这狂风恶浪中扎挣的你，在这痛哭哀泣中辗转的你，我是希望这时你不要想到我，我也勉强要忘记你的。我愿你掩着泪痕望着你这一段生命火焰，由残余而化为灰烬，再从凭吊悼亡这灰烬的哀思里，埋伏另一火种，爆发你将来生命的火焰。这工作不是我能帮助你，也不是一切人所能帮助你，是要你自己在深更闭门暗自呜咽时去沉思，是要你自己在人情炎凉世事幻变中去觉醒，是要你自己披刈荆棘跋涉山川时去寻觅。如今，谢谢上帝，你已经有了新的信念，你已经有了新的生命的火焰，你已经有了新的发现；我除了为你庆慰外，便是一种自私的欣喜，我总觉如今的你可以和我携手了，我们偕行着去走完这生的路程，希望在沿途把我们心胸中的热血烈火尽量的挥洒，尽量的燃烧，"焚毁世界一切不幸者的手铐足镣，扫尽人间一切愁惨的阴霾。"假使不能如意，也愿让热血烈火淹沉烧枯了我们自己。这才不辜负我们认识一场，和这几年我所鼓励你希望你的心，两年前我寄给你信里曾这样说过：

> 你我无端邂逅，无端缔交，上帝的安排，有时原觉多事；我于是常奢望你在锦帷绣幕之中，较量柴米油盐之外，要承继着你从前的希望，努力去作未竟的事业，因之不惮烦厌，在你香梦正酣时，我常督促你的惊醒。不过相信一个人，由青山碧水，到了崎岖荆棘的山路，由崎岖荆棘中又到了柳暗花明的村庄，已感到人世的疲倦，在这期内彻悟了的自然又是一种人生。

> 在学校时我看见你激昂慷慨的态度，我曾和婉说你是女儿英雄，有时我逢见你和莹坐在公园茅亭中大嚼时，我曾和婉说你是名士风流。想到《扶桑余影》，当你握着利如宝剑的笔锋，铺着云霞天样的素纸，立在万崖峰头，俯望着千仞飞瀑的华严泷，凝视神往时，原也曾独立苍茫，对着眼底的河山，吹弹出雄壮的悲歌；曾几何时，栉风沐雨的苍松，化作了醺醉阳光的蔷薇。

原谅我，露沙！那时我真不满意你，所以我常要劝你不要消沉。湮灭了你文学的天才和神妙的灵思。不过，你那时不甘雌伏的雄志，已被柔情万缕来纠结，我也常叹息你实有不得已的苦衷。涵的噩耗传来时，我自然为了你可怜的遭遇而痛心，对你此后畸零漂泊的身世更同情，想你经此重创一定能造成一个不可限量的女作家，只要你自己肯努力；但是这仅仅是远方故人对你心头未灭的一星火烬，奢望你能由悲痛颓丧中自拔超脱，以你自己所受的创痛，所体验的人生，替多少有苦说不出来的朋友们泄泄怨恨，也是我们自己藉此忏悔藉此寄托一件善事。万想不到露沙，你已经驰驱赴敌，荷枪实弹地立在阵前了。我真喜欢，你说：

> 朋友，我现在已另找到途径了，我要收纳宇宙间所有的悲哀之泪泉，使注入我的灵海，方能兴风作浪；并且以我灵海中深渊不尽的百流填满这宇宙无底的缺陷。吾友！我所望的太奢吗？但是我绝不以此灰心，只要我能作的时候，总要这样作，就是我的躯壳成灰，倘我的一灵不泯，必不停止的继续我的工作。

我不知你现在心情到底怎样？不过，我相信你心是冷寂宁静的，况且上帝又特赐你那样幽雅辽阔的境地，正宜于一个饱经征战的勇士，退休隐息。你仔细去追忆那似真似梦的人生吧，你沉思也好，你低泣也好，你对着睡了的萱儿微笑也好，我想这样美妙的缺陷，未尝不是宇宙间一种艺术。露沙！原谅我这话说的过分的残忍冷酷罢！

暑假前我和俊因、文菊常常念着你，为了减少你的悲绪，我们都盼望你能北来；不过露沙！那时候的北京和现在一样，是一座伟大的死城，里边乌烟瘴气，呼吸紧促，一点生气都没有，街市上只看见些活骷髅和迷人眉目的沙尘。教育界更穷苦，更无耻，说起来都令人掩鼻。在现在我们无力建设合理的新社会新环境之前，只好退一步求暂时的维持，你既觉在沪尚好，那你不来这死城里呼吸自然是我最庆欣的事。

这两年来，我在北京看见不少惊心动魄的事，我才知道世界原来是罪恶之薮，置身此中，常觉恍非人间，咽下去的眼泪和愤慨不知有多少了，我自然不能具体的告诉你：不过你也许可以体会到罢，这人为刀俎，我为鱼肉的生活。

（二）

如今，说到我自己了。

说到我自己时，真觉羞愧，也觉悲凄，除了日浸于愁城恨海之外，我依然故我，毫无寸进可述。对家庭对社会，我都是个流浪漂泊的闲人。读了《蔷薇》中《涛语》，你已经知道了。值得令你释念的，便是我已经由积沙岩石的旋涡中，流入了坦平的海道，我只是这样寂然无语的从生之泉流到了死之海；我已不是先前那样呜咽哀号，颓丧沉沦，我如今是沉默深刻，容忍含蓄人间一切的哀痛，努力去寻求真实生命的战士。对于一切的过去，我仍不愿抛弃，不能忘记，我仍想在波涛落处，沙痕灭处，我独自踌躇徘徊凭吊那逝去的生命，像一个受伤的战士，在月下醒来，望着零乱烬余，人马倒毙的战场而沉思一样。

玉薇说她常愿读到我的信，因为我信中有"人生真实的眼泪"，其实，我是一个不幸的使者，我是一个死的石像，一手执着红滟的酒杯，一手执着锐利的宝剑，这酒杯沉醉了自己又沉醉了别人，这宝剑刺伤了自己又刺伤了别人。这双锋的剑永远插在我心上，鲜血也永远是流在我身边的；不过，露沙！有时我卧在血泊中抚着插在心上的剑柄会微笑的，因为我似乎觉得骄傲！

露沙！让我再说说我们过去的梦罢！

　　入你心海最深的大概是梅窠罢，那时是柴门半掩，茅草满屋顶的一间荒斋。那里有我们不少浪漫的遗痕，狂笑，高歌，长啸低泣，酒杯伴着诗集。想起来真不像个女孩儿家的行径。你呢，还可加个名士文人自来放浪不羁的头衔；我呢，本来就没有那种豪爽的气魄，但是我随着你亦步亦趋的也学着喝酒吟诗。有一次秋天，我们在白屋中约好去梅窠吃菊花面，你和晶清两个人，吃了我四盆白菊花。她的冷香洁质都由你们的樱唇咽到心底。我私自为伴我一月的白菊庆欣，她能不受风霜的欺凌摧残，而以你们温暖的心房，作埋香殡骨之地。露沙！那时距今已有两年余，不知你心深处的冷香洁质是否还依然存在？

　　自从搬出梅窠后，我连那条胡同都未敢进去过，听人说已不是往年残颓凄凉的荒斋，如今是朱漆门金扣环的高楼大厦了。从前我们的遗痕豪兴都被压埋在土底，像一个古旧无人知的僵尸或骨殖一样。只有我们在天涯一样漂泊，一样畸零的三个女孩儿，偶然间还可忆起那幅残颓凄凉的旧景，而惊叹已经葬送了的幻梦之无凭。

　　前几天飞雪中，我在公园社稷台上想起海滨故人中，你们有一次在月光下跳舞的记述。你想我想到什么呢？我忽然想到由美国归来，在中途卧病，沉尸在大海中的瑜，她不是也曾在海滨故人中当过一角吗？这消息传到北京许久了，你大概早已在一星那里知道这件惨剧了。她是多么聪慧伶俐可爱的女郎，然而上帝不愿她在这污浊的人间久滞留，把她由苍碧的海中接引了去。露沙！我不知你如今有没有勇气再读海滨故人？真怅惘，那里边多是些不堪回首的往事。

　　有时我很盼能忘记了这些系人心魂的往事，不过我为了生活，还不能抛弃了我每天驻息的白屋，不能抛弃，自然便有许多触目伤心的事来袭击我，尤其是你那瘦肩双耸，愁眉深锁的印影，常常在我凝神沉思时涌现到我的眼底。自从得到涵的噩耗后，每次我在深夜醒来，便想到抱着萱儿偷偷流泪的你，也许你的泪都流到萱儿可爱的玫瑰小脸上。可怜她，她不知道在母亲怀里睡眠时，母亲是如何的悲苦凄伤，在她柔嫩的桃腮上便沾染了母亲心碎的泪痕！露沙！我常常这样想到你，也想到如今惟一能寄托你母爱的薇萱。

如今，多少朋友都沉尸海底，埋骨荒丘！他们遗留在人间的不知是什么？他们由人间带走的也不知是什么？只要我们尚有灵思，还能忆起梅寞旧梦；你能远道寄来海滨的消息，安慰我这"踞石崖而参禅"的老僧，我该如何的感谢呢！

（三）

《寄天涯一孤鸿》我已读过了。你是成功了，"读后竟为之流泪，而至于痛哭！"那天是很黯淡的阴天，我在灰尘的十字街头逢见女师大的仪君，她告我《小说月报》最近期有你寄给我的一封信，我问什么题目，她告诉我后我已知道内容了。我心海深处忽然汹涌起惊涛骇浪，令我整个的心身受其波动而晕绝！那时已近黄昏，雇了车在一种恍惚迷惘中到了商务印书馆。一只手我按着搏跳的心，一只手抖颤着接过那本书，我翻见了"寄天涯一孤鸿"六字后，才抱着怆痛的心走出来。这时天幕上罩了黑的影。一重一重的迫近像一个黑色的巨兽；我不能在车上读，只好把你这纸上的心情，握在我抖颤的手中温存着。车过顺治门桥梁时，我看着护城河两堤的枯柳，一口一口把我的凄哀咽下去。到了家在灯光下含着泪看完，我又欣慰又伤感，欣慰的是我在这冷酷的人间居然能找到这样热烈的同情，伤感的是我不幸我何幸也能劳你濡泪滴血的笔锋，来替我宣泄积闷。

　　那一夜我是又回复到去年此日的心境。我在灯光下把你寄我的信反复再读，我真不知泪从何来，把你那四页纸都染遍了湿痕。露沙！露沙！你一个字一个字上边都有我碎心落泪的遗迹。你该胜利的一笑罢！为了你这封在别人视为平淡在我视为箭镞的信，我一年来勉强扎挣起来的心灵身躯，都被你一字一字打倒，我又躺在床上掩被痛哭！一直哭到窗外风停云霁，朝霞照临，我才换上笑靥走出这冷森的小屋，又混入那可怕的人间。露沙！从那天直到如今，我心里总是深画着怆痛，我愿把这凄痛寄在这封信里，愿你接受了去，伴你孤清时的怀忆。

　　许久未痛哭了，今年暑假由山城离开母亲重登漂泊之途时，我在石家庄正太饭店曾睡在梅隐的怀里痛哭了一场。因为我不能而且不忍把我的悲哀外露了，重伤我年高双亲的心；所以我不能把眼泪流在他们面前，我走到中途停息时才能尽量的大哭。梅隐她也是漂泊归来又去漂泊的人，自然也尝了不少的人世滋味，那夜我俩相伴着哭到天明。不幸到北京时，我就病了。半年来我这是第二次痛哭，读完你寄天涯一孤鸿的信。

　　我总想这一瞥如梦的人生，能笑时便笑，想哭时便哭；我们在坎坷的人生道上，大概可哭的事比可笑的事多，所以我们的泪泉不会枯干。你来信说自涵死你痛哭后，未曾再哭。我不知怎样有这个奢望，我觉你读了我这封信时你不能全忘情罢!?

　　这些话可以说都是前尘了，现在我心又回到死寂冷静，对一切不易兴感；很想合着眼摸索一条坦平大道，卜卜我将来的命运呢！你释念罢，露沙！我如今不会过分的凄哀伤及我身体的。

　　晶清或将在最近期内赴沪，我告她到沪时去看你，你见了她梅窠中相逢的故人，也和见了我一样；而且她的受伤，她的畸零，也同我们一样。请你好好抚慰她那跋涉崎岖惊颤之心，我在京漂泊详状她可告你。这或者是你欢迎的好消息罢!?

这又是一个冬夜，狂风在窗外怒吼，卷着尘沙扑着我的窗纱像一个猛兽的来袭，我惊惧着执了破笔写这沥血滴泪的心痕给你。露沙！你呢？也许是在睁着枯眼遥望银河畔的孤星而咽泪，也许是拥抱着可爱的萱儿在沉睡。这时候呵！露沙！是我写信的时候。

一九二六，十二，二十五，圣诞节夜。

天　辛

　　到如今我没有什么话可说，宇宙中本没有留恋的痕迹，我祈求都像惊鸿的疾掠，浮云的转逝；只希望记忆帮助我见了高山想到流水，见了流水想到高山。但这何尝不是一样的吐丝自缚呢！

　　有时我常向遥远的理智塔下忏悔，不敢抬头；因为瞻望着遥远的生命，总令我寒噤战栗！最令我难忘的就是你那天在河滨将别时，你握着我的手说：

　　"朋友！过去的确是过去了，我们在疲倦的路上，努力去创造未来罢！"

　　而今当我想到极无聊时，这句话便隐隐由我灵魂深处溢出，助我不少勇气。但是终日终年战兢兢的转着这生之轮，难免有时又感到生命的空虚，像一只疲于飞翔的孤鸿，对着苍茫的天海，云雾的前途，何处是新径？何处是归路地怀疑着，徘徊着。

　　我心中常有一个幻想的新的境界，愿我自己单独地离开群众，任着脚步，走进了有虎狼豺豹的深夜森林中，跨攀过削岩峭壁的高冈，渡过了苍茫扁舟的汪洋，穿过荆棘丛生的狭径……任我一个人高呼，任我一个人低唱，即有危险，也只好一个人量力扎挣与抵抗。求救人类，荒林空谷何来佳侣？祈福上帝，上帝是沉默无语。我愿一生便消失在这里，死也埋在这里，虽然孤寂，我也宁愿享兹孤苦的。不过这怕终于是一个意念的幻想，事实上我又如何能这样，除了蔓草黄土埋埋在我身上的时候。

如今，我并不恳求任何人的怜悯和抚慰，自己能安慰娱乐自己时，我便去追求着哄骗自己。相信人类深藏在心底的，大半是罪恶的种子，陈列在眼前的又都是些幻变万象的尸骸；猜疑嫉妒既狂张起翅儿向人间乱飞，手中既无弓箭，又无弹丸的我们，又能奈何他们呢？辛！我们又如何能不受伤负创被人们讥笑。

过去的梦神，她常伸长玉臂要我到她的怀里，因之，一切的凄怆失望像万骑踏过沙场一样蹂躏着我。使我不敢看花，看花想到业已埋葬的青春；不敢临河，怕水中映出我憔悴的瘦影；更不敢到昔日栖息之地，怕过去的陈尸捉住我的惊魂。更何忍压着凄酸的心情，在晚霞鲜明、鸟声清幽时，向沙土上小溪畔重认旧日的足痕！

从前赞美朝阳，红云捧着旭日东升，我欢跃着说："这是我的希望。"从前爱慕晚霞，望着西方绚烂的彩虹，我心告诉我："这是我的归宿。"天辛呵！纵然今天我立在伟大庄严的天坛上，彩凤似的云霞依然飘停在我的头上；但是从前我是沉醉在阳光下的蔷薇花，现在呢，仅不过是古荒凄凉的神龛下，蜷伏着呻吟的病人。

这些话也许又会令你伤心的，然而我不知为什么似乎一些幸福愉快的言语也要躲避我。今天推窗见落叶满阶，从前碧翠的浓幕，让东风撕成了粉碎；因之，我又想到落花，想到春去的悠忽，想到生命的虚幻，想到一切……想到月明星烂的海，灯光辉煌的船，广庭中婀娜的舞女，琴台上悠扬的歌声；外边是沉静的海充满了神秘，船里是充满了醉梦的催眠。汹涌的风波起时，舵工先感恐惧，只恨我的地位在生命海上，不是沉醉娇贵的少女，偏是操持危急的舵工。

说到我们的生命，更渺小了，一波一浪，在海上留下些什么痕迹！

　　诞日，你寄来的象牙戒指收到了。诚然，我也愿用象牙的洁白和坚实，来纪念我们自己静寂像枯骨似的生命。

肠断心碎泪成冰

　　如今已是午夜人静，望望窗外，天上只有孤清一弯新月，地上白茫茫满铺的都是雪，炉中残火已熄，只剩了灰烬，屋里又冷静又阴森；这世界呵！是我肠断心碎的世界；这时候呵！是我低泣哀号的时候。禁不住的我想到天辛，我又想把它移到了纸上。墨冻了我用热泪融化，笔干了我用热泪温润，然而天呵！我的热泪为什么不能救活冢中的枯骨，不能唤回逝去的英魂呢？这懦弱无情的泪有什么用处？我真痛恨我自己，我真诅咒我自己。

　　这是两年前的事了。

　　出了德国医院的天辛，忽然又病了，这次不是吐血，是急性盲肠炎。病状很厉害，三天工夫他瘦得成了一把枯骨，只是眼珠转动，嘴唇开合，表明他还是一架有灵魂的躯壳。我不忍再见他，我见了他我只有落泪，他也不愿再见我，他见了我他也是只有咽泪；命运既已这样安排了，我们还能再说什么，只静待这黑的幕垂到地上时，他把灵魂交给了我，把躯壳交给了死！

　　星期三下午我去东交民巷看了他，便走了。那天下午兰辛和静弟送他到协和医院，院中人说要用手术割治，不然一两天一定会死！那时静弟也不在，他自己签了字要医院给他开刀，兰辛当时曾阻止他，恐怕他这久病的身躯禁受不住，但是他还笑兰辛胆小，决定后，他便被抬到解剖室去开肚。开刀后据兰辛告我，他精神很好，兰辛问他："要不要波微来看你？"他笑了笑说："她愿意来，来看看也好，不来也好。省得她又要难过！"兰辛当天打电话告我，起始他愿我去看他，后来他又说："你暂时不去也好，这时候他太疲倦虚弱了，禁不住再受刺激，过一两天等天辛好些再去吧！省得见了面都难过，于病人不大好。"我自然知道他现在见了我是要难过的，我遂决定不去了。但是我心里总不平静，像遗失了什么东西一样，从家里又跑到红楼去找晶清，她也伴着我在自修室里转，我们谁都未曾想到他是已经快死了，应该再在他未死前去看看他。到七点钟我回了家，心更慌了，连晚饭都没有吃便睡了。睡也睡不着，这时候我忽然热烈的想去看他，见了他我告诉他我知道忏悔了，只要他能不死，我什么都可以牺牲。心焦烦得像一个狂马，我似乎无力控羁它了。朦胧中我看见天辛穿着一套玄色西装，系着大红领结，右手拿着一枝梅花，含笑立在我面前，我叫了一声他的名字便醒了，原来是一梦。这时候夜已深了，揭开帐帷，看见月亮正照射在壁上一张祈祷的图上，现得阴森可怕极了，拧亮了电灯看看表正是两点钟。我不能睡了，我真想跑到医院去看看他到底怎么样。但是这三更半夜，在人们都熟睡的时候，我黑夜里怎能去看他呢？勉强想平静下自己汹涌的心情，然而不可能，在屋里走来走去，也不知想什么。最后跪在床边哭了，我把两臂向床里伸开，头埋在床上，我哽咽着低低地唤着母亲！

我一点都未想到这时候，是天辛的灵魂最后来向我告别的时候，也是他二十九年的生命之火最后闪烁的时候，也是他四五年中刻骨的相思最后完结的时候，也是他一生苦痛烦恼最后撒手的时候。我们这四五年来被玩弄、被宰割、被蹂躏的命运醒来原来是一梦，只是这拈花微笑的一梦呵！

自从这一夜后，我另辟了一个天地，这个天地中是充满了极美丽，极悲凄，极幽静，极哀惋的空虚。

翌晨八时，到学校给兰辛打电话未通，我在白屋的静寂中焦急着，似乎等着一个消息的来临。

十二点半钟，白屋的门砰的一声开了！进来的是谁呢？是从未曾来过我学校的晶清。她惨白的脸色，紧嚼着下唇，抖颤的声音都令我惊奇！半天才说出一句话是："菊姐有要事，请你去她那里。"我问她什么事，她又不痛快的告诉我，她只说："你去好了，去了自然知道。"午饭已开到桌上，我让她吃饭，她恨极了，催促我马上就走；那时我也奇怪为什么那样从容。昏乱中上了车，心跳得厉害，头似乎要炸裂！到了西河沿我回过头来问晶清："你告我实话，是不是天辛死了！"我是如何的希望她对我这话加以校正，那知我一点回应都未得到，再看她时，她弱小的身躯蜷伏在车上，头埋在围巾里。一阵一阵风沙吹到我脸上，我晕了！到了骑河楼，晶清扶我下了车，走到菊姐门前，菊姐已迎出来，菊姐后面是云弟，菊姐见了我马上跑过来抱住我叫了一声"珠妹！"这时我已经证明天辛真的是死了，我扑到菊姐怀里叫了声"姊姊"便晕厥过去了。经她们再三的喊叫和救治，才慢慢醒来，睁开眼看见屋里的人和东西时，我想起来天辛是真死了！这时我才放声大哭。他们自然也是一样咽着泪，流着泪！窗外的风呼呼地吹着，我们都肠断心碎的哀泣着。

这时候又来了几位天辛的朋友，他们说五点钟入殓，黄昏时须要把棺材送到庙里去；时候已快到，要去医院要早点去。我到了协和医院，一进接待室，便看见静弟，他看见我进来时，他跑到我身边站着哽咽地哭了！我不知说什么好，也不知该怎么样哭，号啕呢还是低泣？我只侧身望着豫王府富丽的建筑而发呆！坐在这里很久，他们总不让我进去看；后来云弟来告我，说医院想留天辛的尸体解剖，他们已回绝了，过一会便可进去看。

在这时候，我便请晶清同我到天辛住的地方，收拾我们的信件。踏进他的房子，我急跑了几步倒在他床上，回顾一周什物依然，三天前我来时他还睡在床上，谁能想到三天后我来这里收检他的遗物。记得那天黄昏我在床前喂他桔汁，他还能微笑的说声："谢谢你！"如今一切依然，微笑尚似恍如目前，然而他们都说他已经是死了，我只盼他也许是睡吧！我真不能睁眼，这房里处处都似乎现着他的影子，我在零乱的什物中，一片一片撕碎这颗心！

晶清再三催我，我从床上扎挣起来，开了他的抽屉，里面已经清理好了，一束一束都是我寄给他的信，另外有一封是他得病那晚写给我的，内容口吻都是遗书的语调，这封信的力量，才造成了我的这一生，这永久在忏悔哀痛中的一生。这封信我看完后，除了悲痛外，我更下了一个毁灭过去的决心，从此我才能将碎心捧献给忧伤而死的天辛。还有一封是寄给兰辛菊姐云弟的，寥寥数语，大意是说他又病了，怕这几日不能再见他们的话。读完后，我遍体如浸入冰湖，从指尖一直冷到心里，扶着桌子抚弄着这些信件而流泪！晶清在旁边再三让我镇静，要我勉强按压着悲哀，还要扎挣着去看他的尸体。

临走，晶清扶着我，走出了房门，我回头又仔细望望，我愿我的泪落在这门前留一个很深的痕迹。这块地是他碎心埋情的地方。这里深深陷进去的，便是这宇宙中，天长地久永深的缺陷。

回到豫王府，殓衣已预备好，他们领我到冰室去看他。转了几个弯便到了，一推门一股冷气迎面扑来，我打了一个寒战！一块白色的木板上，放着他已僵冷的尸体，遍身都用白布裹着，鼻耳口都塞着棉花。我急走了几步到他的尸前，菊姐在后面拉住我，还是云弟说："不要紧，你让她看好了。"他面目无大变，只是如蜡一样惨白，右眼闭了，左眼还微睁着看我。我抚着他的尸体默祷，求他瞑目而终，世界上我知道他再没有什么要求和愿望了。我仔细的看他的尸体，看他惨白的嘴唇，看他无光而开展的左眼，最后我又注视他左手食指上的象牙戒指；这时候，我的心似乎和沙乐美得到了先知约翰的头颅一样。我一直极庄严神肃时站着，其他的人也是都静悄悄的低头站在后面，宇宙这时是极寂静，极美丽，极惨淡，极悲哀！

梦回寂寂残灯后

　　我真愿在天辛尸前多逗留一会，细细的默志他最后的容颜。我看看他，我又低头想想，想在他憔悴苍白的脸上，寻觅他二十余年在人间刻划下的残痕。谁也不知他深夜怎样辗转哀号的死去，死时是清醒，还是昏迷？谁也不知他最后怎样咽下那不忍不愿停息的呼吸？谁也不知他临死还有什么嘱托和言语？他悄悄地死在这冷森黯淡的病室中，只有浅绿的灯光，苍白的粉壁，听见他最后的呻吟，看见他和死神最后战斗的扎挣。

　　当我凝视他时，我想起前一星期在夜的深林中，他抖颤的说："我是生于孤零，死于孤零。"如今他的尸骸周围虽然围了不少哀悼涕泣的人，但是他何尝需要这些呢！即是我这颗心的祭献，在此时只是我自己忏悔的表示，对于魂去渺茫的他又有何补益？记得一九二四年九月二十二日他由沪去广州的船上，有一封信说到我的矛盾，是：

　　　　你中秋前一日的信，我于上船前一日接到。此信你说可以做我惟一知己的朋友。前于此的一信又说我们可以做以事业度过这一生的同志。你只会答复人家不需要的答复，你只会与人家订不需要的约束。

　　　　你明白的告诉我之后，我并不感到这消息的突兀，我只觉心中万分凄怆！我一边难过的是：世上只有吮血的人们是反对我们的，何以我惟一敬爱的人也不能同情于我们？我一边又替我自己难过，我已将一个心整个交给伊，何以事业上又不能使伊顺意？我是有两个世界的：一个世界一切都是属于你的，我是连灵魂都永禁的俘虏；在另一个世界里，我是不属于你，更不属于自己，我只是历史使命的走卒。假使我要为自己打算，我可以去做禄蠹了，你不是也不希望我这样做吗？你不满意于我的事业，但却万分恳切的劝勉我努力此种事业；让我再不忆起你让步于吮血世界的结论，只悠久的钦佩你牺牲自己而鼓舞别人的义侠精神！

我何尝不知道：我是南北漂零，生活日在风波之中，我何忍使你同入此不安之状态；所以我决定：你的所愿，我将赴汤蹈火以求之；你的所不愿，我将赴汤蹈火以阻之。不能这样，我怎能说是爱你！从此我决心为我的事业奋斗，就这样飘零孤独度此一生，人生数十寒暑，死期忽忽即至，奚必坚执情感以为是。你不要以为对不起我，更不要为我伤心。

这些你都不要奇怪，我们是希望海上没有浪的，它应当平静如镜；可是我们又怎能使海上无浪？从此我已是傀儡生命了，为了你死，亦可以为了你生，你不能为了这样可傲慢一切的情形而愉快吗？我希望你从此愉快，但凡你能愉快，这世上是没有什么可使我悲哀了！

写到这里，我望望海水，海水是那样平静。好吧，我们互相遵守这些，去建筑一个富丽辉煌的生命，不管他生也好，死也好。

这虽然是六个月前的信，但是他的环境和他的意念是不允许他自由的，结果他在六个月后走上他最后的路，他真的在一个深夜悄悄地死去了。

唉！辛！到如今我才认识你这颗迂回宛转的心，然而你为什么不扎挣着去殉你的事业，做一个轰轰烈烈的英雄，你却柔情千缕，吐丝自缚，遗我以余憾长恨在这漠漠荒沙的人间呢？这岂是你所愿？这岂是我所愿吗？当我伫立在你的面前千唤不应时候，你不懊悔吗？在这一刹那，我感到宇宙的空寂，这空寂永远包裹了我的生命；也许这在我以后的生命中，是一种平静空虚的愉快。辛！你是为了完成我这种愉快才毅然的离开我，离开这人间吗？我细细默记他的遗容，我想解答这些疑问，因之，我反而不怎样悲痛了。

终于我要离开他，一步一回首我望着陈列的尸体，咽下许多不能叙说的忧愁。装殓好后，我本想再到棺前看看他，不知谁不赞成的阻止了，我也莫有十分固执的去。

我们从医院前门绕到后门，看见门口停着一副白木棺，旁边站满了北京那些穿团花绿衫的杠夫；我这时的难过真不能形容了，这几步远的一副棺材内，装着的是人天隔绝的我的朋友，从此后连那可以细认的尸体都不能再见了；只有从记忆中心衣底浮出梦里拈花含笑的他，醒后尸体横陈的他。

许多朋友亲戚都立在他棺前，我和菊姐远远的倚着墙，一直望着他白木棺材上，罩了一块红花绿底的绣幕，八个穿团花绿衫的杠夫抬起来，我才和菊姐雇好车送他到法华寺。这已是黄昏时候，他的棺材一步一步经过了许多闹市，出了哈德门向法华寺去。几天前这条道上，我曾伴着他在夕阳时候来此散步，谁也想不到几天后，我伴着他的棺材，又走这一条路。我望着那抬着的棺材，我一点也不相信这里面装着的便是我心中最畏避而终不能逃脱的"死"!

到了法华寺，云弟伴我们走进了佛堂，稍待又让我们到了一间黯淡的僧房里休息。菊姐和晶清两个人扶着我，我在这间幽暗的僧房里低低的哭泣，听见外面杠夫安置棺材的动作和声音时，我心一片一片碎了！辛！从此后你孤魂寂寞，飘游在这古庙深林，也还记得繁华的人间和一切系念你的人吗？

一阵阵风从纸窗缝里吹进，把佛龛前的神灯吹得摇晃不定，我的只影蜷伏在黑暗的墙角，战栗的身体包裹着战栗的心。晶清紧紧握着我冰冷的手，她悄悄地咽着泪。夕阳正照着淡黄的神幔。有十五分钟光景，静弟进来请我出去，我和晶清菊姐走到院里时，迎面看见天辛的两个朋友，他们都用哀怜的目光投射着我。走到一间小屋子的门口，他的棺材停放在里面，前面放着一张方桌，挂着一幅白布蓝花的桌裙，燃着两支红烛，一个铜炉中缭绕着香烟。我是走到他灵前了，我该怎样呢！我听见静弟哭着唤"哥哥"时，我也不自禁的随着他号啕痛哭！唉！这一座古庙里布满了愁云惨雾。

黑暗的幕渐渐低垂，菊姐向晶清说："天晚了，我们该回去了。"我听见时更觉伤心，日落了，你的生命和我的生命都随着沉落在一个永久不醒的梦里；今夜月儿照临到这世界时，辛！你只剩了一棺横陈，今夜月儿照临在我身上时，我只觉十年前尘恍如一梦。

静弟送我们到门前，他含泪哽咽着向我们致谢！这时晶清和菊姐都低着头擦泪！我猛抬头看见门外一片松林。晚霞照得鲜红。松林里现露出几个凸堆的坟头。我呆呆地望着。上帝呵！谁也想不到我能以这一幅凄凉悲壮的境地，作了我此后生命的背景。我指着向晶清说。"你看！"她自然知道我的意思，她抚着我肩说："现在你可以谢谢上帝！"

　　我听见她这句话，似乎得了一种暗示的惊觉，我的悲痛不能再忍了；我靠在一棵松树上望着这晚霞松林，放声痛哭！辛！你到这时该忏悔吧！太忍心了，也太残酷了，你最后赐给我这样悲惨的境象，这样悲惨的景象，深印在我柔弱嫩小的心上；数年来冰雪友谊，到如今只博得隐恨千古，抚棺哀哭！辛！你为什么不流血沙场而死，你为什么不庾毙狱中而死？却偏要含笑陈尸在玫瑰丛中，任刺针透进了你的心，任鲜血淹埋了你的身，站在你尸前哀悼痛哭你的，不是全国的民众，却是一个别有怀抱，负你深爱的人。辛！你不追悔吗？为了一个幻梦的追逐捕获，你遗弃不顾那另一世界的建设毁灭，轻轻地将生命迅速的结束，在你事业尚未成功的时候。到如今，只有诅咒我自己，我是应负重重罪戾对于你的家庭和社会。我抱恨怕我纵有千点泪，也抵不了你一滴血，我用什么才能学识来完成你未竟的事业呢！更何忍再说到我们自己心里的痕迹和环境一切的牵系！

　　我不解你那时柔情似水，为什么不能温暖了我心如铁？

　　在日落后暮云苍茫的归途上，我仿佛是上了车，以后一切知觉便昏迷了。思潮和悲情暂时得能休息，恍惚中是想在缥渺的路上去追唤逝去的前尘呢！这时候我魂去了，只留下一副苍白的面靥和未冷的躯壳卧在菊姐的床上，床前站满了我的和辛的朋友还有医生。

　　这时已午夜三点多钟，冷月正照着纸窗。我醒了，睁开眼看见我是在菊姐床上，一盏残灯黯然地对着我；床四周静悄悄站了许多人，他们见我睁开眼都一齐嚷道："醒了！醒了！"

　　我终于醒了！我遂在这醒了声中，投入到另一个幽静，冷寞，孤寂，悲哀的世界里。

无穷红艳烟尘里

　　一样在寒冻中欢迎了春来，抱着无限的抖颤惊悸欢迎了春来，然而阵阵风沙里夹着的不是馨香而是血腥。片片如云雾般的群花，也正在哀呼呻吟于狂飙尘沙之下，不是死的惨白，便是血的鲜红。试想想一个疲惫的旅客，她在天涯中奔波着这样惊风骇浪的途程，目睹耳闻着这些愁惨冷酷的形形色色，她怎能不心碎呢！既不能运用宝刀杀死那些扰乱和平的恶魔，又无烈火烧毁了这恐怖的黑暗和荆棘，她怎能不垂涕而愤恨呢！

　　已是暮春天气，却为何这般秋风秋雨？假如我们记忆着这个春天，这个春天是埋葬过一切的光荣的。他像深夜中森林里的野火，是那样寂寂无言的燃烧着！他像英雄胸中刺出的鲜血，直喷洒在枯萎的花瓣上，是那样默默的射放着醉人心魂的娇艳。春快去了，和着一切的光荣逝去了，但是我们心头愿意永埋这个春天，把她那永远吹拂人类生意而殉身的精神记忆着。

　　在现在真不知怎样安放这颗百创的心，而我们自己的头颅何时从颈上飞去呢！这只有交付给渺茫的上帝了。春天我是百感交集的日子，但是今年我无感了。除了睁视默默外，既不会笑也不会哭，我更觉着生的不幸和绝望；愿天爽性把这地球捣成碎粉，或者把我这脆弱有病态的心掉换成那些人的心，我也一手一只手枪飞骑驰骋于人海之中，看着倒践在我铁蹄下的血尸，微笑快意！然而我终于都不能如愿，世界不归我统治，人类不听我支配，只好叹息着颤悸着，看他们无穷的肉搏和冲杀罢！

有时我是会忘记的。当我在一群天真烂漫的小姑娘中间，悄悄地看她们的舞态，听她们的笑声，对我像一个不知道人情世故的人，更不知道世界上还有许多不幸和罪恶。当我在杨柳岸，伫立着听足下的泉声，残月孤星照着我的眉目，晚风吹拂着我的衣裙，把一颗平静的心，放在水面月光上时，我也许可以忘掉我的愁苦，和这世界的愁苦。

常想钻在象牙塔里，不要伸出头来，安稳甘甜的做那痴迷恍惚的梦；但是有时象牙塔也会爆裂的，终于负了满身创伤掷我于十字街头，令我目睹着一切而惊心落魄！这时花也许开的正鲜艳，草也许生的很青翠，潮水碧油油的，山色绿葱葱的；但是灰尘烟火中，埋葬着无穷娇艳青春的生命。我疲惫的旅客呵！不忍睁眼再看那密布的墨云，风雨欲来时的光景了。

我祷告着，愿意我是个又聋又瞎的哑小孩。

十六年国耻日

梦 回

这已是午夜人静，我被隔房一阵痛楚的呻吟惊醒！睁开眼时，一盏罩着绿绸的电灯，低低的垂到我床前，闪映着白漆的几椅和镜台。绿绒的窗帷长长的拖到地上；窗台上摆着美人蕉，摆着梅花，摆着水仙，投进我鼻端的也辨不出是那一种花香？墙壁的颜色我写不出，不是深绿，不是浅碧，像春水又像青天，表现出极深的沉静和幽暗。我环顾一周后，不禁哀哀的长叹一声！谁能想到呢！我今夜来到这陌生的室中，睡在这许多僵尸停息过的床上做这惊心的碎梦？谁能想到呢！除了在暗中捉弄我的命运，和能执掌着生机之轮的神。

这时候门轻轻地推开了。进来一个黑衣罩着白坎肩戴着白高冠的女郎，在绿的灯光下照映出她娇嫩的面靥，尤其可爱的是一双黑而且深的眼；她轻盈婀娜的走到我床前。微笑着说："你醒了！"声音也和她的美丽一样好听！走近了，细看似乎像一个认识的朋友，后来才想到原来像去秋死了的婧姊。不知为什么我很喜欢她；当她把测验口温的表放在我嘴里时，我凝视着她，我是愿意在她依稀仿佛的面容上，认识我不能再见的婧姊呢！

"你还须静养不能多费思想的，今夜要好好的睡一夜，明天也许会好的，你不要焦急！"她的纤纤玉手按着我的右腕，斜着头说这几句话。我不知该怎样回答她，我只微笑的点点头。她将温度写在我床头的一个表上后，她把我的被又向上拉了拉，把汽炉上的水壶拿过来。她和来时一样又那么轻盈婀娜的去了。电灯依然低低的垂到我床前，窗帷依然长长地拖到地上，室中依然充满了沉静和幽暗。

她是谁呢？她不是我的母亲，不是我的姊妹，也不是我的亲戚和朋友，她是陌生的不相识的一个女人；然而她能温慰我服侍我一样她不相识的一个病人。当她走后我似乎惊醒的回忆时，我不知为何又感到一种过后的惆怅，我不幸做了她的伤羊。我合掌谢谢她的来临，我像个小白羊，离群倒卧在黄沙凄迷的荒场，她像月光下的牧羊女郎，抚慰着我的惊魂，吻照着我的创伤，使我由她洁白仁爱的光里，看见了我一切亲爱的人，忘记了我一切的创痛。

我那能睡，我那能睡，心海像狂飙吹拂一样的汹涌不宁，往事前尘，历历在我脑海中映演，我又跌落在过去的梦里沉思。心像焰焰迸射的火山，头上的冰囊也消融了。我按电铃，对面小床上的漱玉醒了，她下床来看我，我悄悄地拉她坐在我床边，我说："漱妹：你不要睡了，再有两夜你就离开我去了，好不好今夜我俩联床谈心？"漱玉半天也不说话，只不停的按电铃，我默默望着她娇小的背影咽泪！女仆给我换了冰囊后，漱玉又转到我床前去看我刚才的温度；在电灯下呆立了半晌，她才说："你病未脱险期，要好好静养，不能多费心思多说话，你忘记了刚才看护吩咐你的话吗？"她说话的声音已有点抖颤，而且她的头低低的垂下，我不能再求了。好吧！任我们同在这一室中，为了病把我们分隔的咫尺天涯；临别了，还不能和她联床共话消此长夜，人间真有许多想不到梦不到的缺憾。我们预想要在今夜给漱玉饯最后的别宴，也许这时候正在辉煌的电灯下各抱一壶酒，和泪痛饮，在这凄楚悲壮的别宴上，沉痛着未来而醺醉。那知这一切终于是幻梦，幻梦非实，终于是变，变异非常；谁料到凄哀的别宴，到时候又变出惊人的惨剧！

这间病房中两张铁床上，卧着一个负伤的我，卧着一个临行的她，我们彼此心里都怀有异样的沉思和悲哀：她是山穷水尽无路可通，还要扎挣着去投奔远道，在这冰天雪地，寒风凄紧时候；要践踏出一条道路，她不管上帝付给的是什么命运。我呢，原只想在尘海奔波中消磨我的岁月和青春。那料到如今又做了十字街头，电车轮下，幸逃残生的负伤者！生和死一刹那间，我真愿晕厥后，再不醒来，因为我是不计较到何种程度才值得死，希望得什么泰山鸿毛一类的虚衔。假如死一定要和我握手，我虽不愿也不能拒绝，我们终日在十字街头往来奔波，活着出门的人，也许死了才抬着回来。这类意外的惨变，我们虽不愿它来临，然而也毫无力量可以拒绝它来临。

我今天去学校时，自然料不到今夜睡在医院，而且负了这样沉重的伤。漱玉本是明晨便要离京赴津的，她那能想到在她临行时候，我又遭遇了这样惊人心魂的惨劫？因之我卧在病床上深深地又感到了人生多变，多变之中固然悲惨凄哀，不过有时也能找到一种意想不及的收获。我似乎不怎样关怀我负伤的事，我只回想着自己烟云消散后的旧梦，沉恋着这惊魂乍定，恍非身历的新梦。

漱玉喂我喝了点牛奶后，她无语的又走到她床前去，我望着沉重的双肩长叹！她似乎觉着了，回头向我苦笑着说："为什么？"我也笑了，我说："不知道。"她坐在床上，翻看一本书。我知她零乱的心绪，大概她也是不能睡；然而她知我也是不愿意睡，所以她又假睡在床上希望着我静寂中能睡。她也许不知道我已厌弃睡，因为我已厌弃了梦，我不愿入梦，我是怕梦终于又要惊醒！

有时候我曾羡慕过病院生活，我常想有了病住几天医院，梦想着这一定是一个值得描写而别有兴感的环境；但是今夜听见了病人痛楚的呻吟，看见了白衣蹁跹的看护，寂静阴惨的病室，凄哀暗淡的灯光时，我更觉的万分悲怆！深深地回忆到往日病院的遗痕，和我心上的残迹，添了些此后离梦更遥的惆怅！而且愿我永远不再踏进这肠断心碎的地方。

心绪万端时，又想到母亲。母亲今夜的梦中，不知我是怎样的入梦？母亲！我对你只好骗你，我那能忍把这些可怕可惊的消息告诉你。为了她我才感谢上苍，今天能在车轮下逃生，剩得这一副残骸安慰我白发皤皤的双亲。为了母亲我才珍视我的身体，虽然这一副腐蚀的残骸，不值爱怜；但是被母亲的爱润泽着的灵魂，应该随着母亲的灵魂而安息，这似乎是暗中的声音常在诏示着我。然而假使我今天真的血迹模糊横卧在车轨上时，我虽不忍抛弃我的双亲也不能。想到此我眼中流下感谢的泪来！

路既未走完，我也只好背起行囊再往前去，不管前途是荆棘是崎岖，披星戴月的向前去。想到这里我心才平静下，漱玉蜷伏在床上也许已经入了梦，我侧着身子也想睡去，但是脑部总是迸发出火星，令我不能冷静。

夜更静了，绿帷后似乎映着天空中一弯残月。我由病床上起来，轻轻地下了床，走到窗前把绿帷拉开，惨白的月光投射进来，我俯视月光照着的楼下，在一个圆形的小松环围的花圃里中央，立着一座大理石的雕像，似乎是一个俯着合掌的女神正在默祷着！这刹那间我心海由汹涌而归于枯寂，我抬头望着天上残月和疏星，低头我又看在凄寒冷静的月夜里，那一个没有性灵的石像；我痴倚在窗前沉思，想到天明后即撒手南下的漱玉，又想到从死神羽翼下逃回的残躯，我心中觉着辛酸万分，眼泪一滴一滴流到炎热的腮上。

我回到床前，月光正投射到漱玉的身上，窗帷仍开着，睁眼可以看见一弯银月，和闪烁的繁星。

归　来

四围山色中，一鞭残照里，我骑着驴儿归来了。

过了南天门的长山坡，远远望见翠绿丛中一带红墙，那就是孔子庙前我的家了，心中说不出是什么滋味，这又是一度浩劫后的重生呢；依稀在草香中我嗅着了血腥，在新冢里看见了战骨。我的家，真能如他们信中所说的那样平安吗？我有点儿不相信。

抬头已到了城门口，在驴背上忽然听见有人唤我的乳名。这声音和树上的蝉鸣夹杂着，我不知是谁。回过头来问跟着我的小童：

"珑珑！听谁叫我呢！你跑到前边看看。"

接着又是一声，这次听清楚了是父亲的声音；不过我还不曾看见他到底是在那里喊我，驴儿过了城洞我望见一个新的炮垒，父亲穿着白的长袍，站在那土丘的高处，银须飘拂向我招手；我慌忙由驴背上下来，跑到父亲面前站定，心中觉着凄梗万分，眼泪不知怎么那样快，我怕父亲看见难受，不敢抬起头来，也说不出什么话来。父亲用他的手抚摩着我的短发，心里感到异样的舒适与快愉。也许这是梦罢，上帝能给我们再见的机会。

沉默了一会，我才抬起头来，看父亲比别时老多了，面容还是那样慈祥，不过举动现得迟钝龙钟了。

我扶着他下了土坡，慢慢缘着柳林的大道，谈着路上的情形。我又问问家中长亲们的健康，有的死了，有的还健在，年年归来都是如此沧桑呢。珑珑赶着驴儿向前去了，我和父亲缓步在黄昏山色中。

过了孔庙的红墙，望见我骑的驴儿拴在老槐树上，昆林正在帮着珑珑拿东西呢！她见我来了，把东西扔了就跑过来，喊了一声"梅姑！"似乎有点害羞，马上低了头，我握着她手一端详：这孩子出脱的更好看了，一头如墨云似的头发，衬着她如雪的脸儿，睫毛下一双大眼睛澄碧灵活，更显得她聪慧过人。这年龄，这环境，完全是十年前我的幻影，不知怎样联想起自己的前尘，悄悄在心底叹了一口气。

进了大门，母亲和一个不认识的女人坐在葡萄架下，嫂嫂正在洗手。她们看见我都喜欢得很。母亲介绍我那个人，原来是新娶的八婶。吃完饭，随便谈谈奉军春天攻破娘子关的恐慌虚惊，母亲就让我上楼去休息。这几间楼房完全是为我特备的，回来时母亲就收拾清楚，真是窗明几净，让我这匹跋涉千里疲惫万分的征马，在此卸鞍。走了时就封锁起来，她日夜望着它祷祝我平安归来。

每年走进这楼房时，纵然它是如何的风景依然，我总感到年年归来时的心情异昔。扶着石栏看紫光弥漫中的山城，天宁寺矗立的双塔，依稀望着我流浪的故人微笑！沐浴在这苍然暮色的天幕下时，一切扰攘奔波的梦都霍然醒了，忘掉我还是在这嚣杂的人寰。尤其令我感谢的是故乡能逃出野蛮万恶的奉军蹂躏，今日归来不仅天伦团聚而且家园依旧。

我看见一片翠挺披拂的玉米田，玉米田后是一畦畦的瓜田，瓜田尽头处是望不断的青山，青山的西面是烟火、人家、楼台城廓，背着一带黑森森的树林，树梢头飘游着逍遥的流云。静悄悄不见一点儿嘈杂的声音，只觉一阵阵凉风吹摩着鬓角衣袂，几只小鸟在白云下飞来飞去。

我羡慕流云的逍遥，我忌恨飞鸟的自由，宇宙是森罗万象的，但我的世界却是狭的笼呢！

追逐着，追逐着，我不能如愿满足的希望。来到这里又想那里，在那里又念着回到这里，我痛苦的，就是这不能宁静不能安定的灵魂。

正凝想着，昆林抱着黑猫上来了。这是母亲派来今夜陪我的侣伴。

临睡时，天幕上只有几点半明半暗的小星星。我太疲倦了，这夜不曾失眠，也不曾做梦。

战 壕

我回到家五天了，棠姊不曾来看过我。

有一天晚饭后，父亲说："我领你出去玩玩村景，白云庵去看看你崇拜的老英雄。"我很不好意思地笑了！母亲让珑珑提了灯跟着，昆林因为去了她外祖母家不曾同行。

一路上父亲询问我革命军进北京的盛况，和深夜花神殿旁奉军撤退时的惊恐。这真是一轮红日照窗时，回想起夜半噩梦而絮絮告诉的情况。

我生平认为最幸福的一件事，就是我有思想新颖的父亲，他今年七十二岁了，但他的时代思想革命精神却不减于我们青年人。所以我能得今日这样的生活，都是了解我认识我相信我的父亲之赏赐。假使不是这样，怕我不会逍遥自在的回来享受这天伦团聚的快乐吧！因之我常常和父亲谈话，彼此都是很融洽，毫不龃龉呢！

瓜田过去，是一片荒地；父亲忽然现出不快的颜色，他低着头走过了高垅，回头向我说：

"珠：你棠姊的墓就在这里。"手往前面指着。

"谁？棠姊，棠姊死了吗？"

我随着父亲指处望去，果然见前面有一个新冢，冢前矗着一块不整齐的石碑，上面隐约有字痕。赶快跑几步到跟前看时，是："戊辰殉难刘秋棠女士之墓。"

我愕然回顾父亲和珑珑，他们都默无一语。

西方落日，烘霞正掩映着这碧绿的田地，四处悄无人声，炊烟缕缕，晚风习习，充满了黄昏时静穆的平和。都证明这是人间呵！不是噩梦，也不是幻境呢！

一树繁华，红杏翠叠，棠姊正是青春当年；谁想到如今是香消玉殒，殡翠红呢？这一抔黄土，告诉我的消息为什么这样愤恨呢！它撕碎我的心幕，一片一片如流云散布在碧空绿畦之间。这好像一个蓦然炸裂的炮弹，震惊得我遍体战栗！说不出万种伤心，含泪站在她坟前。

"你不要哭，到东边那块石头上去坐坐，我告诉你详细的情形。唉！不是天保佑，怕你今日回来，我们都变成黄土馒头了。"父亲过来拍着我肩说。

我忍住了泪，和珑珑扶着父亲坐在石头上；他的颜色变得很惨淡，枯干深陷的眼眶也有点含湿了。我在他皱纹的脸上，细揣摩那七十多年人生忧患的残痕，风风雨雨剥蚀的成绩，这岂是我所能描写。

父亲慢慢告我棠姊死的惨状，是这样说：

"有一天去镇上看战报，据人说阎总司令已偷偷退回来了，午夜住在保晋公司里调遣人马。情形很紧张了。奉军白色的飞机，天天来山城旋绕，抛掷的炸弹大半都落在土地上，或者在半空中就炸裂！幸喜伤人很少。不过惊慌的扰乱的情形，处处都是这弥漫样，埋东西藏妇女，哭哭啼啼，扶老携幼，那时谁能相信还能再过这太平日子哩！

我摒弃一切等候这厄运的来临，和你母亲商量好，我家一点都不要动，东西也不藏，人也不躲，来了只可任其自然。硬狠着心大着胆子这样撑，结果我们在山城的人是侥幸脱了难。

你姑母听了些婆婆妈妈的话，偏要把你棠姊送到红驼河她未婚夫家躲着去，她以为乡村一定比城里安稳点，那知奉军抄了后路来一直打过了雪花山，兵扎旧关。那边山势高峰，地形险要，路途太崎岖了，真有一人当关万人莫敌的情形。所以奉军不能过来，便在那一带蹂躏：红驼河全村三百多人家，弄的个鸡犬不留，屋子铲平，仓粮烧尽，妇女奸淫，小孩子赤条条缚在树上饿死。等他们退后，全村简直变成了墟烬尸堆，惨不忍睹！

小棠的婆家人都死了，只剩下两个长工，和跟着小棠去的奶妈。三四天后，才在红驼河桥畔的战壕里，找见小棠的尸身，野狗已把腿衔了去，上体被许多木柴遮着，还能模糊认清。战壕内尚有几十副裸体女尸，其余山坡下篱笆底处处都可看见这残忍的血迹。

你姑母为了她哭的死去活来，能济什么事呢！这也是逃不掉的灾难，假如不到红驼河去避难，何至于那样惨死呢！后悔也来不及了。

唉！珠！我老了，我希望见些快活的事情，但结果偏是这样相反。如今我只愿快点闭上这模糊的老眼，赐我永久静默，离开这恐怖万恶残暴野蛮的人间罢！我的灵魂不能再接受了。"

父亲经过这一次践踏后确有点承受不了，在现在团聚畅叙的时候，他总回想以前的恐怖而惊心，因之抚今追昔更令他万感俱集。这时我不知该如何安慰父亲，我也不知该如何痛哭棠姊，只默默望着那一堆黄土发呆。

"擦"一声，回头看是珑珑燃亮了灯。

我望望天已黑了，遂扎挣着按下这说不出的痛恨，扶着父亲由原道回来。那一夜小楼夜雨时，曾梦见棠姊，血迹模糊的站在我眼前，惊醒后一夜不曾入睡。

社 戏

临离北平时，许多朋友送了我不少的新书。回来后，这寂寞的山城，除了自然界的风景外，真没有可以消遣玩耍的事情，只有拿上几本爱读的书，到葡萄架下，老槐树底，小河堤上，茅庵门前，或是花荫蝉声，楼窗晚风里去寻求好梦。书又何曾看了多少，只凝望着晚霞和流云而沉思默想；想倦了，书扔在地上，我的身体就躺在落英绿茵中了。怎样醒来呢？快吃饭了，昆林抱着黄狸猫，用它的绒蹄来抚摸我的脸，惊醒后，我牵了昆林，黄狸猫跟在我们后边，一块地走到母亲房里。桌上已放置了许多园中新鲜菜蔬烹调的佳肴，昆林坐在小椅子上，黄狸猫蹲在她旁边。那时一切的环境，都是温柔的和母亲的手一样。

读倦了书，母亲已派人送冰浸的鲜艳的瓜果给我吃。亲戚家也都把他们园地中的收获，大篮小筐的馈赠我，我真成了山城中幸福的娇客。黄昏后，晚风凉爽时，我披着罗衣陪了父亲到山腰水涧去散步。

想起来，这真是短短的一个美满的神仙的梦呢！

有一天姑母来接我去看社戏。这正是一个清新的早晨，微雨初晴旭日像一团火轮，我骑着小驴儿，得得得得走过了几个小村堡到了姑母家。姑母家，充满了欣喜的空气欢迎我。

早餐后，来了许多格子布、条儿布的村姑娘来看我，都梳着辫子，扎着鲜艳的头绳，粉白脸儿拢着玫瑰腮，更现的十分俏丽。姑母介绍时，我最喜欢梳双髻的兰篮；她既天真又活泼，而且很大方，不像别的女孩子那样怕生害羞。

今天村里的妇女们，衣饰都收拾的很新洁，一方面偷空和姑姑姨姨们畅叙衷怀，一方面还要张罗着招待客人看戏。比较城市中，那些辉煌华丽的舞台剧场中的阔老富翁们，拥伴侍候着那些红粉骷髅，金钱美人，要幸福多了。这种可爱的纯真和朴素，使得她们灵魂是健康而是畅快呵！不过人生的欲望无穷，达不到的都是美满，获得的都是缺陷，彼此羡慕也彼此妒忌，这就是宛转复杂的苦痛人生罢！

戏台在一块旷野地。前面那红墙高宇的就是关帝庙。这台戏，有的人说是谢神的，因为神的力量能保佑地面不曾受奉军的蹂躏。有的人说是庆祝北伐成功的，特意来慰劳前敌归来的将士们。台前悬挂着两个煤气灯，交叉着国旗党旗，两旁还挂着"革命尚未成功，同志仍须努力"的对联。我和兰篮她们坐在姑家的席棚里，很清楚的看见这简陋剧场的周围，是青山碧水，瓜田菜畦，连绵不断翠色重重的高粱地。

集聚的观众，成个月牙形。小贩呼卖声，儿童哭闹声，妇女们的笑语声，刺耳的锣鼓声，种种嘈杂的声音喊成一片；望去呢，是闹哄哄一团人影，缓缓移动像云拥浪堆。

二点钟时候，戏开演了。咿咿呀呀，唔唔呵呵，红的进去，黑的出来，我简直莫名其妙是做什么。回头问女伴，她们一样摇头不知。我遂将视线移在台下，觉得舞台下的活动影戏，比台上的傀儡还许有趣呢！

正凝视沉思时，东北角上忽然人影散动，观众们都转头向那方看去，隐隐听见哭喊求饶的声音。这时几声尖锐的箫笛吹起，人群中又拥出许多着灰色军服的武装同志，奔向那边去了。妇女们胆小的都呼儿携女的逃遁了，大胆些的站在板凳上伸头了望，蓦然间起了极大的纷扰。

一会儿姑母家派人来接我们。我向来人打听的结果，才知道这纷乱的原因。此地驻扎的武装同志来看戏时，无意中乡下一个农民践踏了他一足泥，这本来小得和芝麻一样大的事，但是我们的同志愤怒之余就拿出打倒的精神来了。这时看台上正坐着个七十多岁的老太婆，她听见儿子哭喊求救的声音，不顾一切由椅子上连跌带跑奔向人群，和那着灰色军装的兵，加入战团。一声箫笛后又来了许多凶恶的军士助威，不一会那母子已被打得血迹淋漓，气息奄奄，这时还不知性命怎样呢！据说这类事情，一天大小总发生几项，在这里并不觉的奇怪。不过我是恍惚身临旧境一样的愤慨罢了！

挤出来时，逢见一个军官气冲冲的走过去。后面随着几个着中山服的青年，认识一位姓唐的，他是县党部的委员。

在山坡上，回头还能看见戏台上临风招展的青天白日满地红。我轻轻舒放了一口气，才觉得我是生活在这样幸福的环境里。

惆　怅

先在上帝面前，忏悔这如焚的惆怅！

朋友！我就这样称呼你罢。当我第一次在酒楼上遇见你时，我便埋怨命运的欺弄我了。我虽不认识你是谁，我也不要知道你是谁，但我们偶然的遇合，使我在你清澈聪慧的眼里，发现了我久隐胸头的幻影，在你炯炯目光中重新看见了那个捣碎我一切的故人。自从那天你由我身畔经过，自从你一度惊异的注视我之后，我平静冷寂的心波为你汹涌了。朋友！愿你慈悲点远离开我，愿你允许我不再见你，为了你的丰韵，你的眼辉，处处都能憾的我动魄惊心！

这样凄零如焚的心境里，我在这酒店内成了个奇异的来客，这也许就是你怀疑我追究我的缘故罢。为了躲避过去梦影之纠缠，我想不再看见你，但是每次独自踽踽林中归来，看望着故人的遗像，又愿马上看见你，如现黄泉下久已沉寂消游的音容。因此我才强咽着泪，来到这酒店内狂饮，来到这跳舞厅上跐蹁。明知道这是更深更深的痛苦，不过我不能自禁的沉没了。

你也感到惊奇吗？每天屋角的桌子上，我执着玛瑙杯狂饮，饮醉后我又踱到舞场上去歌舞，一直到灯暗人散，歌陪舞乱，才抱着惆怅和疲倦归来。这自然不是安放心灵的静境，但我为了你，天天来到这里饮一瓶上等的白兰地，希望醉极了能毒死我呢！不过依然是清醒过来了。近来，你似乎感到我的行为奇特吧！你伴着别人跳舞时，目光时时在望着我，想仔细探索我是什么人？怀着什么样心情来到这里痛饮狂舞？唉！这终于是个谜，除了我这一套朴素衣裙苍白容颜外，怕你不能再多知道一点我的心情和形（行）踪罢？

记得那一夜，我独自在游廊上望月沉思：你悄悄立在我身后，当我回到沙发上时，你低着头叹息了一声就走过去了。真值得我注意，这一声哀惨的叹息深入了我的心灵，在如此嘈杂喧嚷，金迷纸醉的地方，无意中会遇见心的创伤的同情。这时音乐正奏着最后的哀调，呜呜咽咽像夜莺悲啼，孤猿长啸，我振了振舞衣，想推门进去参加那欢乐的表演；但哀婉的音乐令我不能自持，后来泪已扑簌簌落满衣襟，我感到极度的痛苦，就是这样热闹的环境中愈衬出我心境的荒凉冷寂。这种回肠荡气的心情，你是注意到了，我走进了大厅时，偷眼看见你在呆呆地望着我，脸上的颜色也十分惨淡；难道说你也是天涯沦落的伤心人吗？不过你的天真烂漫，憨娇活泼的精神，谁信你是人间苦痛中扎挣着的人呢？朋友！我自然祝福你不是那样。更愿你不必注意到我，我只是一个散洒悲哀，布施痛苦的人，在这世界上，我无力再承受任何人的同情和怜恤了。我虽希望改换我的环境，忘掉一切，舍弃一切。埋葬一切，但是新的境遇里有时也会回到旧的梦里。依然不能摆脱，件件分明的往事，照样映演着揉碎我的心灵。我已明白了。这是一直和我灵魂殉葬入墓的礼物！

写到这里我心烦乱极了，我去倒在床上休息一会再往下写吧！

这封信未写完我就病了。

朋友！这时我重提起笔来的心情已完全和上边不同了。是忏悔，也是觉悟，我心灵的怒马奔放到前段深潭的山崖时，也该收住了，再前去只有不堪形容的沉落，陷埋了我自己，同时也连累你，我那能这样傻呢！

那天我太醉了，不知不觉晕倒在酒楼上，醒来后睁开眼我睡在软榻上，猛抬头便看你温柔含情的目光，你低低和我说：

"小姐！觉着好点吗？你先喝点解酒的汤。"

我不能拒绝你的好意，我在你手里喝了两口桔子汤，心头清醒了许多，忽然感到不安，便扎挣的坐起来想要走。你忧郁而诚恳的说：

"你能否允许我驾车送你回去么？请你告诉我住在那里？"我拂然的拒绝了你。心中虽然是说不尽的感谢，但我的理智诏示我应该远避你的殷勤，所以我便勉强起身，默无一语的下楼来。店主人招呼我上车时，我还看见你远远站在楼台上望我。唉！朋友！我悔不该来这地方，又留下一个凄惨的回忆；而且给你如此深沉的怀疑和痛苦，我知道忏悔了愿，你忘记我们的遇合并且原谅我难言的哀怀罢！

从前为了你来到这里，如今又为了你离开。我已决定不再住下去了，三天内即航海到南洋一带度漂流的生涯，那里的朋友曾特请我去同他们合伙演电影，我自己也很有兴趣，如今又有一个希望在诱惑我做一个悲剧的明星呢！这个事业也许能发挥我满腔凄酸，并给你一个再见我的机会。

今天又到酒店去看你，我独隐帏幕后，灯光辉煌，人影散乱中，看见你穿一件翡翠色的衣服，坐在音乐台畔的沙发上吸着雪茄沉思，朋友！我那时心中痛苦万分，很想揭开幕去向你告别，但是我不能。只有咽着泪默望你说了声：

"朋友！再见。一切命运的安排，原谅我这是偶然。"

晚 宴

有天晚晌，一个广东朋友请我在长安春吃饭。

他穿着青绿的短服，气度轩昂，英俊豪爽，比较在法国时的神态又两样了。他也算是北伐成功后的新贵之一呢！

来客都是广东人。只有苏小姐和我是例外。

说到广东朋友时，我可以附带说明一下，特别对广东人的好感。我常觉广东的民性之活泼好动，勇敢有为，敏慧刚健，忠诚坦白，是值得我们赞美的。凡中国那种腐败颓废的病态，他们都没有；而许多发扬国华，策励前进的精神，是全球都感到惊畏的。这无怪乎是革命的根据地，而首领大半是令人钦佩的广东人了。

寒暄后，文蕙拉了我手走到屋角。她悄悄指着一个穿翻领西装的青年说："这就是天下为婆的胡先生"！我笑着紧握了她手道："你真滑稽。"

想起来这是两月前的事了。我从山城回来后，文蕙姊妹们，请我到北海划船，那是黄昏日落时候，晚景真美，西方浅蓝深青的云堆中，掩映夹杂着绯红的彩霞，一颗赤日慢慢西沉下去。东方呢！一片白云，白云中又袭着几道青痕，在一个凄清冷静的氛围中，月儿皎洁的银光射到碧清的湖面。晚风徐徐吹过，双桨插到莲花深处去了。

这种清凉的境地，洗涤着这尘灰封锁的灵魂。在他们的倩影中，笑语里，都深深感到恍非人间了。菡萏香里我们停了桨，畅谈起来。偶然提到文蕙的一个同学，又引起革命时努力工作女同志；谈着她们的事迹，有的真令我们敬钦，有的令我们惊异，有的也令我们失望而懊丧！

文蕙忽然告我，有一位朋友和她谈到妇女问题说："你们怕什么呢！这年头儿是天下为婆。"我笑起来了，问她这怎么解释呢？她说这位主张天下为婆的学者大概如此立论。

一国最紧要的是政治。而政治舞台上的政治伟人，运用政治手腕时的背景，有时却是操纵在女子手中。凡是大政治家，大革命家的鼓舞奋发，惨淡经营，又多半是天生丽质的爱人，或者是多才多艺的内助，辅其成功。不过仅是少数出类拔萃的女子，大多数还是服务于家庭中，男子负荷着全责去赡养。

因此，男子们，都尽量的去寻觅职业，预备维持妻妾的饱暖；同时虚荣心的鼓励，又幻想着生活的美满和富裕。这样努力的结果，往往酿成许多的贪官污吏。据说这是女子间接应得的罪案。

例如已打倒的旧军阀张宗昌，其妻妾衣饰杂费共需数十万。风闻如今革命伟人之妻妾，亦有衣饰费达十余万者。（这惊人的糜费我自然确信其为谣言无疑了）——男子一方面生产，女子一方面消费。这"天下为婆"似乎愤怨，似乎鄙笑的言论；这在滑稽刻薄的胡先生口中实现了。我们听见当然觉得有点侮辱女性，不无忿怒。但是静心想想，这话虽然俏皮，不过实际情形是如斯，又何能辨白呢！

试问现在女子有相当职业、经济独立，不受人供养的有几多？像有些知识阶级的贵妇人，依然沉溺于金迷纸醉，富裕挥霍的生活中，并不想以自己的劳动去换取面包，以自己的才能去服务社会。

不过我自己也很感到呢！文蕙她们也正是失业者。镇日想在能力范围内寻觅点工作，以自生活，并供养她五十余岁的病母。但是无论如何在北平就找不到工作，各机关没有女子可问津的道路。除非是和机关当局沾亲带故的体己人外，谁不是徘徊途中呢！意志薄弱点的女子，禁不住这磨炼挫折，受不了这风霜饥寒，慢慢就由奋斗彷徨途中，而回到养尊处优的家庭中去了。

这夜偶然又逢到胡先生。想起他的话来，我真想找个机会和他谈谈，不过事与愿违，他未终席就因有要事匆匆地去了。

卸装之夜

　　蘅如仍然当了一个中学校的校长，校长是如何庄严伟大的事业，但是在蘅如只是偶然兴来的一幕扮演。上装后一切都失却自由，其实际情形无异是作了收罗万矢的箭垛。

　　如今箭垛的命运算是满了，她很觉值得感谢上苍。双手将这项辉煌的翠冠，递给愿意接受的朋友后，自己不禁偷偷的笑了！这来也匆匆，去也匆匆的命运。

　　在纷扰的社会里，嘈杂的会场上，奸狡万变的面孔，口是心非的微笑中，她悄悄推倒前面那块收罗万矢的箭垛，摘下那顶庄严伟大的峨冠，飘然回到她幽静的书斋去了。走进了深深院落，望见紫藤的绿荫掩着她的碧纱窗。那一排新种的杨柳也长高了，影子很婀娜的似在舞动，树荫下挂着她最爱的鹦哥，听见步履声，它抬起头来飞在横木上叫着：

　　"快开门，快开门！"

　　她举眸回盼了一下。湘帘沉沉中听见姨母唤她的声音。这时帘揭开了，双鬓如雪的姨母扶杖出来迎接蘅如。一股晚香玉的芬馥，由屋中照来，她猛然清醒！如午夜梦回一样。

　　晚餐后，她回到自己的屋里，卸下那一套"恰如其分"的装束，换上了一件沾满泪痕酒渍的旧衣，坐在写字台前沙发上，深深地吐了一口气。觉得灵魂自由了，如天空的流云，如海上的飞鸟。瓶中有鲜艳的菡萏，清芬扑鼻，玻璃杯里斟着浓酽的绿茶，沁人心脾。磨好了墨，蘸饱了笔，雪亮的灯光下，她沉思对一迭稿纸支颐。

该从何处下笔呢！这半截惊惶纷乱，污浊冷酷的环境；狡诈奸险，可气可笑的事迹，都如电影一般在她脑中演映着。

辗转在荆棘中，灵魂身体都是一样创痛。虽然是已经受了她不曾受过的，但认识的深刻，见闻的广博，却也得到她不曾知道的。人生既是活动的变迁，力和智的奋争，那她今夜归来的情况，直有点儿像勇士由战壕沙场的梦中惊醒，抚摸着自己的创痕，而回忆那炮火弥漫，人仰马翻，赤血白骨，灰烬残堞；喟叹着身历的奇险恐怖一样。

丁零零门铃响了，张妈拿来了几封信。

她拆开来，都是学校里来的。

一封是焕之写来的。满纸都是愤慨语，一方面诅咒别人，一方面恭维着自己，左不是那一类乎黄钟毁弃、瓦釜雷鸣的笔调。她读后笑了笑！心想何必发这无意义的牢骚。她完全不懂时势和社会的内容，假使社会或个人的环境，没有一点儿循环的变化，这世界就完全死寂了，许多好看热闹的戏也就闭幕了，那种人生有什么意味呢！

又一封信，笔迹写的很恶劣，内容大概说堂内同学素常对蘅如很有感情，不应对她忽然又翻脸攻击，更不应以一种卑鄙钻营的手段获得胜利。气了个愤填胸臆，骂了个痛快淋漓，那种怒发冲冠、拔剑相皆的情形，真仿佛如在目前。

但是蘅如看到信尾的签呢，令她惊异了！原来这个王亚琼，就是在学校中反对蘅如最激烈的分子，喊打倒，贴标语，当主席，谒当局的都是她。

这真是奇迹呵！

蘅如拿着那封信对着灯光发呆，看见纸上那些怎样钦佩，怎样爱慕，怎样同情，怎样愤慨的话，每一字每一句都像毒刺深插入她的灵魂。她真不解：为什么那样天真活泼，伶俐可爱的女孩们，她洁白纯净的心田，如何也蒙蔽着社会中惯用的一套可憎恨的虚伪狡诈罪呢！明知道，爱和憎或是关乎切身的利害。这都是人人顾虑的私情，谁敢说是恶德呢？不过一方面喊"打倒"一方面送秋波的伎俩，总不是我辈热血真诚的青年应为的罢！她忏悔了，教育是失败了呢？还是力量小呢？

起始怀疑了，这样的冲突。赞美你的固然是好听，其本心不见得是真钦佩你。咒骂你的自然感到气愤，但是也不必认为真对你怎样厌恶。她想到这里，心境豁然开朗，漠然微笑中，把这两封信团了个球掷在纸筐里。

夜深了，秋风吹过时，可以听见树叶落地的声音。这凄清秋意，轻轻掀动了宁静的心波，她又感到人间的崎岖冷酷，和身世的畸零孤苦，过去一样是春梦烟痕；回想起来，已是秋风起后另有一番风景了。

她愿恢复了旧日天马行空的气魄，提起了久不温存的笔尖，捉摸那飘然来去的灵感。原本是游戏人间来的，因之绝不懊悔这一次偶然的扮演。胸中燃烧着热烈欲爆的灵焰，盼这久抑的文思如虹霓一样，专在黯淡深奥处画出她美丽伟大的云彩，于是乎她迅速的提起了笔。

蕙娟的一封信

　　你万想不到，我已决定了走这条路，信收到时我已在海天渺茫的路程中了。这未卜前途的摸索，自然充满了危险和艰苦，但是我不能不走这条路。玲弟！我的境遇太惨苦了！你望着我这渐泥于黑暗的后影也觉得黯然吗？

　　请你转告姑母，我已走，就这样悄悄地走了。你们不必怀念，任我去吧。我希望你们都忘掉我和我死了一样。因为假如忆到我，这不祥多难的身世徒令人不欢——我愿我自己承受上躲到天之一角去，不愿让亲爱我的人介怀着这黯淡的一切而惆怅！

　　来到这里本是想排解我的忧愁，但孰料结果又是这样惨淡！无意中又演了一幕悲剧。玲弟：我真不知世界为什么这样小，总捉弄着我，使我处处受窘。人间多少事太偶然了，偶然这样，偶然那样；结果又是这般同样的方式，为什么人的能力灵感不能扎脱斩断过密布的网罗呢！我这次虽然逃脱，但前途依然有的是陷阱网罗，何处不是弋人和埋伏呢？玲弟！我该怎样解脱我才好？这世界太小了。

　　这次走，素君完全不知道。现在他一定正在悲苦中，希望你能替我安慰劝解他，他前程远大，不要留恋着我，耽误他的努力。他希望于我的，希望于这世界的，虽然很小，但是绝对的不可能，你知道我现在———一直到死的心，是永不能转移的。他也很清楚，但是他沉溺了又不能自由意志的振拔自己，这真令我抱歉悲苦到万分。我这玩弄人间的心太狠毒了，但是我不能不忍再去捉弄素君，我忏悔着罪恶的时候，我又那能重展罪恶呢！天呵！让我隐没于山林中吧！让我独居于海滨吧！我不能再游于这扰攘的人寰了。

素君喜欢听我的诗歌，我愿从此搁笔不再做那些悲苦欲泣的哀调以引他的同情。素君喜欢读我过去记录，我愿从此不再提到往事前尘以动他的感慨。素君喜欢听我抚琴，我愿从此不再向他弹琴以乱他的心曲。素君喜欢我的行止丰韵，我愿此后不再见他以表示绝决。玲弟！我已走了，你们升天入地怕也觅不到我的踪迹，我是向远远地天之角地之涯独自漂流去了。不必虑到什么，也许不久就毁灭了这躯壳呢！那时我可以释去此生的罪戾，很清洁光明的去见上帝。

姑母的小套间内储存着一只大皮箱，上面有我的封条。我屋里中间桌上抽屉内有钥匙，请你开开，那里边就是我的一生，我一生的痕迹都在那里。你像看戏或者读小说一样检收我那些遗物，你不必难受。有些东西也不要让姑母表妹她们知道，我希望你能知道我了解我，我不愿使不了解不知道我的人妄加品评。那些东西都是分别束缚着。你不是快放暑假了吗？你在闲暇时不妨解开看看，你可以完全了解我这苦悲的境界和一切偶然的捉弄，一直逼我到我离开这世界。这些都是刺伤我的毒箭，上边都沾着我淋漓的血痕和粉碎的心瓣！

唉！让我追忆一下吧！小时候，姑父说蕙儿太聪慧了，怕没有什么福气，她的神韵也太清峭了。父亲笑道：我不喜欢一个女孩儿生得笨蠢如牛，一窍不通。那时大家都笑了，我也笑了！如今才知道自己的命运，已早由姑父鉴定了；我很希望黄泉下的姑父能知道如今流落无归到处荆棘的蕙儿。而一援手指示她一条光明超脱的路境以自救并以救人哩！

不说闲话吧！你如觉这些东西可以给素君看时，不妨让他看看。他如果看完我那些日记和书信，他一定能了然他自己的命运，不是我过分的薄情，而是他自己的际遇使然了。这样可以减轻我许多罪恶，也可以表示我是怎样的一个女子，不然诅咒我的人连你们也要在内啊！如果素君对于我这次走不能谅解时，你还是不必让他再伤心看这些悲惨的遗物，最好你多寻点证据来证明我是怎样一个堕落无聊自努力的女子，叫他把我给他那点稀薄的印象完全毁灭掉才好，皮箱内有几件好玩且珍贵的东西，你最好替我分散给表姊妹们。但是素君，你千万不能把我的东西给他，你能原谅我这番心才对，我是完全想用一个消极的方法来毁灭了我在他的心境内的。

皮箱上边箧内有一个银行存款折子，我这里边的钱是留给母亲的一点礼物，你可以代收存着；过一两个月，你用我名义写一封信汇一些钱去给母亲，一直到款子完了再说，那时这世界也许已变过了。这件事比什么都重要，你一定留意我的可怜，念我的孤苦，念我母亲的遭遇，替我办到这很重要的事。另有一笔款子，那是特别给文哥修理坟墓用的。今年春天清明节我已重新给文哥种植了许多松树，我最后去时，已葱茏勃然大有生气，我是希望这一生的血泪来培植这几株树的，但是连这点微小的希望环境都不允许我呢！我走后，他墓头将永永远远的寂寞了，永永远远再看不见缟素衣裳的女郎来挥泪来献花了，将永永远远不能再到那湖滨看晚霞和春蔼了。秋林枫叶，冬郊寒雪。芦苇花开，稻香弥漫时，只剩了孤寂无人凭吊的墓了，这也许是永永远远的寂寞泯灭吧！以后谁还知道这块黄土下埋着谁呢？更有谁想到我的下落，已和文哥隔离了千万里呢！

深山村居的老母，此后孤凄伶仃的生活，真不堪设想，暮年晚景伤心如此，这都是我重重不孝的女儿造成的，事已到此，夫复何言。黄泉深埋的文哥，此后异乡孤魂，谁来扫祭？这孤冢石碑，环墓朽树，谁来灌浇？也许没有几年就冢平碑倒，树枯骨暴呢！我也只好尽我的力量来保存他，因此又要劳你照拂一下；这笔款子就是预备给他修饰用的。玲弟！我不敢说都怎样对你好，但是我知道你是这世界上能够了解我、可怜我、同情我的一个人。这些麻烦的末了之件也只有你可以托付了。我用全生命来感谢你的盛意。玲弟！你允许我这最后的请求吗？

这世界上，事业我是无望了，什么事业我都做过，但什么都归失败了。这失败不是我的不努力而是环境的恶劣使然。名誉我也无望了。什么虚荣的名誉我都得到了，结果还是空虚的粉饰。而且牺牲了无数真诚的精神和宝贵的光阴去博那不值一晒的虚荣，如今，我还是依然故我，徒害得心身俱碎。我悔，悔我为了一时虚名博得终身的怨愤。有一个时期我也曾做过英雄梦，想轰轰烈烈，掀天踏海的闹一幕悲壮武剧。结果，我还未入梦，而多少英雄都在梦中死了，也有侥幸逃出了梦而惊醒的，原来也是一出趣剧，和我自己心里理想的事迹绝不是一件事，相去有万万里，而这万万里又是黑暗崎岖的险途，光明还是在九霄云外。

有时自己骗自己说：不要分析，不要深究，不要清楚，昏昏沉沉糊涂混日子罢！因此奔波匆忙，微笑着，敷衍着，玩弄面具，掉换枪花，当时未尝不觉圆满光彩。但是你一沉思凝想，才会感觉到灵魂上的尘土封锁创痕斑驳的痛苦，能令你鄙弃自己，痛悔所为，而想跃入苍海一洗这重重的污痕和尘土呢！这时候，怎样富贵荣华的物质供奉，那都不能安慰这灵魂高洁纯真的需要。这痛苦，深夜梦醒，独自沉思忏悔着时：玲弟！我不知应该怎样毁灭这世界和自己！

社会——我也大略认识了。人类——我也依稀会晤了。不幸的很，我都觉那些一律无讳言罢，罪恶，虚伪的窝薮和趣剧表演的舞台而已。虽然不少真诚忠实的朋友，可以令我感到人世的安慰和乐趣，但这些同情好意，也许有时一样同为罪恶，揭开面具还是侵夺霸占，自利自私而已。这世界上什么是值得我留恋的事，可以说如今都在毁灭之列了。

这样在人间世上，没有一样东西能系连着继续着我生命的活跃，我觉这是一件最痛苦的事。不过我还希望上帝能给我一小点自由能让我灵魂静静地蜷伏着，不要外界的闲杂来扰乱我；有这点自由我也许可以混下去，混下去和人类自然生存着，自然死亡着一样。这三年中的生活，我就是秉此心志延长下来的。我自己又幻想任一个心灵上的信仰寄托我的情趣，那就是文哥的墓地和他在天的灵魂，我想就这样百年如一日过去。谁会想到，偶然中又有素君来破坏捣乱我这残余的自由和生活，使我躲避到不能不离开母亲，和文哥而奔我渺茫不知栖止的前程。

都是在人间不可避免的，我想避免只好另觅道路了。但是那样乱哄哄内争外患的中国，什么地方能让我避免呢！回去山里伴母亲度这残生，也是一个良策，但是我的家乡正在枪林弹雨下横扫着，我又怎能归去，绕道回去，这行路难一段，怕我就没有勇气再扎挣奋斗了，我只恨生在如此时代之中国，如此时代之社会，如此环境中之自我；除此外，我不能再说什么了。

玲弟！这是蕙姊最后的申诉，也是我最后向人间忏悔的记录，你能用文学家的眼光鉴明时，这也许是偶然心灵的组合，人生皆假，何须认真，心情阴晴不定，人事变化难测，也许这只是一封信而已。

姑母前替我问好，告诉她我去南洋群岛一个华侨合资集办的电影公司，去做悲剧明星去了。素君问到时，也可以告诉他说蕙姊到上海后已和一个富翁结婚，现在正在西湖度蜜月呢！

一九二八，五，二九，花神殿。

花神殿的一夜

　　这时候：北京城正在沉默中隐伏着恐怖和危机，谁也料不到将来要发生怎样的悲剧，在这充满神秘黑暗的夜里。

　　寄宿的学生都纷纷向亲友家避难去了，剩下这寂寞空旷的院落，花草似乎也知人意，现露一种说不出来的冷静和战栗。夜深了。淡淡的月光照在屋檐上、树梢头，细碎的花影下掩映着异样的惨淡。仰头见灰暗的天空镶着三五小星，模糊微耀的光辉，像一双双含涕的泪眼。

　　静悄悄没有一点儿人声，只听见中海连续不断的蛙声，和惊人的汽车笛鸣，远远依稀隐约有深巷野犬的吠声。平常不注意的声音，如今都分明呈于耳底。轻轻揭帘走到院里，月光下只看见静悄悄竹帘低垂，树影阴翳，清风徐来，花枝散乱。缘廊走到梦苏的窗下，隔着玻璃映着灯光，她正在案上写信。我偷眼看她，冷静庄严，凛然坦然，一点儿也不露惊惶疑虑；真帮助鼓舞我不少勇气，在这般恐怖空寂的深夜里。

　　顺着花畦，绕过了竹篱，由一个小月亮门来，到了花神殿前。巍然庄严的大殿，荫深如云的古松，屹立的大理石日规，和那风风雨雨剥蚀已久的铁香炉，都在淡淡月光下笼罩着，不禁脱口赞道：

　　"真美妙的夜景呵！"

倚着老槐树呆望了一会，走到井口旁边的木栏上坐下，仔细欣赏这古殿荒园，凄凉月色下，零乱阑珊的春景。

如此佳境，美妙如画，恍惚若梦，偏是在这鼙鼓惊人，战氛弥漫，荒凉冷静的深夜里发现；我不知道该赞美欣赏呢，还是诅恨这危殆的命运？

来到这里已经三月了。为了奔波促忙，早晨出去，傍晚回来，简直没有一个闲暇时候令我鉴赏这古殿花窖的风景。只在初搬来的一夜，风声中摇撼着陌生斗室，像瀚海烟艇时：依稀想到仿佛"梅窠"。

有时归来，不是事务羁身，就是精神疲倦；夜间自己不曾出来过一次。白天呢！这不是我的世界。被一般青春活泼的少女占领着，花荫树底，莺声燕语，嫣然巧笑，翩跹如仙。我常和慧泉说：

"这是现实世界中的花神呢！"

因此，我似乎不愿去杂入问津，分她们的享受，身体虽在此停栖了三月之久，而认识花神殿，令我精神上感到快慰的，还是这沉默恐怖的今夜。

不过，我很悔，今夜的发现太晚了，明夜我将离开这里。

对着这神妙幽美的花神殿，我心觉着万分伤感。回想这几年漂泊生涯，懊恼心情，永远在我生命史上深映着。谁能料到呢！我依然奔走于长安道上，在这红尘人寰，金迷纸醉的繁华场所，扮演着我心认为最难受最悲惨的滑稽趣剧。忘记了过去，毁灭了前尘，固然是件痛快的事；不过连自己的努力，生活的进程都漠然不顾问时，这也是生的颓废的苦痛呢！哪敢说是游嬉人间。

呵！让我低低喊一声母亲罢！我的足迹浸着泪痕。

三月前我由荫护五年的穆宅搬出来，默咽了多少感激致谢的热泪。五年中待遇我的高义厚恩，想此生已不能图报万一，我常为这件事难受。假使我还是栖息在这高义厚恩之中时，恐怕我的不安、惭愧，更是加增无已。因此才含涕拜别，像一个无家而不得不归去的小燕子，飞到这荒凉芜废的花神殿。我在不介意的忙碌中，看着葱笼的树枝发了芽，鲜艳的红花含着苞蕾；如今眼前这些姹紫嫣红，翠碧青森，都是一个冬梦后的觉醒，刹那间的繁华！往日荒凉固堪悲，但此后零落又那能设想呢！

我偶然来到这里的，我将偶然而去；可笑的是漂零身世，又遇着幻变难测的时局，倏忽转换的人事；行装甫卸，又须结束；伴我流浪半生的这几本破书残简，也许有怨意罢！对于这不安定的生活。

我常想到海角天涯去，寻访古刹松林，清泉幽岩，和些渔父牧童谈谈心；我不需要人间充塞满的这些物质供养我的心身。不过总是挣脱不出这尘网，辗转因人，颦笑皆难。咳！人生真是万劫的苦海呵！谁能拯我出此呢？

忽然一阵狂风飞沙走石，满天星月也被黑云遮翳；不能久留了，我心想明日此后茫茫前途，其黑暗惊怖也许就是此时象征吧！人生如果真是这样幻变不测的活动着，有时也觉有趣呢！我只好振作起来向前摸索，看着荆棘山石刺破了自己的皮肤，血淋淋下滴时虽然痛苦，不过也有一种新经验能令我兴奋。走吧！留恋的地方固多，然留恋又何能禁止人生活动的进展呢！

走到房里灯光下堆集着零乱的衣服和书籍，表现出多少颠顿狼狈的样子；我没奈何的去整理它们。在一本书内，忽然飘落下一片枫叶，上面写着：

"风中柳絮水中萍，飘泊两无情。"

一九二八，六，三〇

葡萄架下的回忆

生命之波，滔滔地去了，禁不住的还想，深沉的回忆。但有时他那深印脑海的浪花，却具着惹人不忘的魄力。在这生命中之一片碎锦，是应当永志的。一刹那，捉不住的秋又去了，但是不灭的回忆依然存在。

窗外的杨柳，很懊恼的垂着头，沉思她可怜的身世。那一缕缕的微笑，从瑟瑟的风浪中传出。在淡泊的阳光下，照出那袅娜的姿态，飘荡的影子，她对于这悲愁的秋望可像有无限的怨望！有时窗上的白纬纱，起伏飘荡的被风吹着，慢慢地挂在帐角上，但是一刹时，被一阵大风仍就把他吹下来，拖在地板上。在沉寂中，观察一个极细微的事物，都含着有无限的妙理，宇宙的奥藏，都在这一点吗？

那时候我很疲倦的睡在床上，想藉着这时候休息一下，因为我在路上，已经两夜失眠了；但是疲倦的神，还是不屈不挠的，反把睡天使驱出关外，更睡不着了！虽然拢上眼睛，但是那无限的思潮，又在魔海中萦绕……莫奈何，只好把眼睛睁开，望望那窗外的杨柳和碧蓝的天，聊寄我的余思。这时候想不到我的朋友梅影君来访我！不但是沉闷中的安慰，并且是久别后的乍逢。晤面后那愉快的意线从各人的心房中射出，在凝眸微笑中，满溢着无限的温情。

我记得那是极温和的天气，淡淡的斜阳，射在苍黄的地毡上；我们坐在窗旁的椅上，谈别后的情况，她还告诉我许多令我永久记忆的事……不过我们未见面时所预备的话，都想不起；反而相对默然。后来首问我暑假中家居的成绩，可惜我所消磨岁月的，就是望着行云送夕阳。除过猛烈的刺激，深刻的回忆……高兴时随便写几句诗外，实在莫有可称述的一样成绩，不过梅影她定要我念几首给她听，后来我扭不过她的要求，想起一首《紫罗兰》来——因为她是殉了《商报》的纪念物，算是一种滑稽的记忆。我读给她的诗是——

> 当她从我面前低着头，匆匆走过去的时候，
> 她的心弦鼓荡着我的心弦，
> 牵引着我的足踵儿，
> 到了紫罗兰的面前。
> 花上的蝶儿，猛吃一惊，嗔人扰她甜蜜的睡眠；
> 但是花儿很愉快的娜嫋舞蹈着，
> 展开她一摺一摺的笑靥。
> 我想她心腔中，怀着什么疑团？
> 脑海里荡漾着什么波澜？
> 但是她准痴立着笑而不答！
>
> 当我无意中又遇着她的时候，
> 看她手里拿着鲜烂的花球，
> 衬着她玫瑰似的颊儿，乌云般的发儿，
> 水漾漾漆黑的眼珠儿，满溢着无穷的话头。
> 鸟儿的音韵好像她抑扬的歌声；
> 花儿的丰姿，不知她自然活泼的娉婷。

当我慢慢的从紫罗兰的旁边离开她，

现着一点笑，

隐着一点愁。

她半喜半怨的倚着那紫罗兰不动。

人的痴心呵！

她恐怕旁人摘她的花。

朋友呵！

假如你脑海里镌深了她，

你随时能发现一朵灿烂的花，

又何必怕旁人摘她？

车轮和我的心轮一样，相扭着旋转；

我的心却在紫罗兰前。

小鸟笑着说：

"朋友呵！

沉寂里耐着点吧！

不要把血和泪，

染在花瓣上，

使她永镌着心痛；

忘不了你的怅惘沉闷！

我轻轻地读着，她静静地听。我知道她受了很深刻的刺激。她说："朋友啊！你干吗！向着深思之渊中求空幻的生活。愉快之波是生命流中的浪花，你不要令她忽略，把光阴匆匆地过去。你就是绞尽脑汁，破碎心血，你向人间曾否找到一点真诚的慰藉？你看清新高爽的野外那伟大自然界，都要待我们去赏玩她，涵化她。天空中的云霞，野外的锦绣都是自然魂灵的住所。她们都含着笑，仰着头，盼我们去伴他。人生一瞥，当及时行乐。虽然处的是寂寞沉闷的生活中，但是大地团团，又何处非乐土呢？你的思想，比我狭闷的多，这种理想，只好自然界去融化你。去年我读你的《亡魂》一篇，我那时很危险你的理想不觉悟，后来我接你的信，知道你近来是有些觉悟。不过恐怕是一时的冲动，不仅又要消灭了……"我听了她这番忠告，非常的感激，我的思想虽然是环境造成的，但是环境又是谁来造成的？可是懦弱的青年，只有软化在恶环境的淫威下呻吟；就是不然，也只好满腹牢骚，亢喉高唱罢了。在虚伪冷淡的社会里，谁人肯将他心上的一滴热血付与人！可知道在充满着灰尘的世界上，愉快都是狡黠的笑声，所以我宁愿多接触一点浑厚温和的自然界：安慰这枯燥的生活，我不愿随风徵愿，在那满戴假面具的人群里讨无趣！梅影知我最深，她因我握别北京有二月余，水榭赏荷已为逝波；篱畔访菊又当盛秋。于是她就提议要到城南公园一睹园林秋色。那时我很愉快的允许，遂去准备我们的行进，当我坐着车出宣武门的时候，各种的车和扰扰攘攘的行人，除了汽车内坐着很安详舒适的阔佬们外，他们面上都现着恐惧的神气！因为路窄人多，呜呜！前面汽车迎头来，呜呜！后面的汽车，又电驰般的追来了！他们的恐惧：都是怕卧在汽车下，把一生劳碌的梦惊醒来了，或者对于他们生命历程上发生的阻碍，有点觉悟。虽然这样说，但我过那门时，我觉悟了一生的开幕材料，无非是取给于这一刹那的小把戏台上的反映罢了。离公园门有十余步的距离，有一个兵，在石阶上走来走去，他故意踏重他的皮靴表示他很赳昂的样子。他的职务是守卫而兼着收票。每当我来这儿购票的时候，他准表示他认识我是常游者的态度，并且我进了公园的时候，他准微笑着，低头踏着他皮靴上的泥尘，我看他是一个诚恳的服务者。

我进了园后门，觉着眼前出现一幅极美丽的景象。我们沿着草径走，极微细的足音，往往惊起草虫的鸣声，和蝴蝶的飞舞。那时斜阳挂在林外，碧蓝的天上，罩满了锦绣的云霞。我们慢慢地走着，领悟这人生一瞥中的愉快！自然呵！你具有了这种伟大的势力，为什么不把污浊的人心洗清，恶劣的世俗扫净。

绿荫如幕，覆在一角红墙下，分明的鲜艳。我们走过的时候，那树上的叶子，都瑟瑟地低声微语，地下的柔苔苍绿，杂着红霉的叶儿铺着，我想起那春天的红花在树上摇曳着，弄姿撒娇的样子，知道是做了一场春梦呵！

我们游到葡萄架下，停止我们的行进，作个暂时的休息。我们踱过了短桥！那桥下的水是尽其所能的灌园灌艺用的！发源是从井里吸上来的。虽然人工的小河，但流在这种静雅清净的福地，也别有风味，不致埋没他的本质。我们进了葡萄架下，一种清香沁骨，令人神醉。这时候，一个茶役上来招呼，他的态度，完全是一个纯洁的园丁——农夫。他来应酬客人也觉着许多天真态度，因为他莫有带着平常茶役的假面具。

当时我们坐在架下的角上，上边有绿色的天然葡萄叶，密布着作了天棚，倒缀着许多滴露的葡萄，真令人液涎。从叶缝里能看见一线碧蓝的天纹，下边铺着一层碧苍青苔，踏下去软软的，做了天然地毯。一阵风过处，往往落些小叶，在我的襟上。我极力的镇定着我搏动的热血和呼吸，领受这一瞥中的愉快。现在青年人的幸福，也仅仅是这一途的。那时我回头看梅影，望着小桥下流水发呆！从我旁观者的观察和猜度知道她觉悟了人生观的大梦，到终久是要醒的。但是在这嚣杂烦扰的社会里，很难窥透着这一点。往往愈人愈迷，愈迷愈有味……虚荣的名利，驱使人牺牲了天良，摧残了个性，劳碌着把自己的躯壳做成个机械去适应社会——环境，并且要自相残杀肃血漂橹。到那白杨萧萧杜鹃哀啼荒茫苍凉中都一样的藏身在一抔黄土之下。回忆起来，不过在人生途中，做了一个罪恶和不觉悟的牺牲！人各有志，梅影虽然雄志赳昂，要做一番惊天动地的大事业出来，为她生命中的光彩，发展她平生的抱负和雄才。不过她是藉以消磨那有生命的光阴。她有时为自然界的美一接触时，未尝不觉得是虚幻。我们是不能默默地讨论，宇宙间深奥神妙……往昔思绪飘然，灵魂要飞出去时，草上的小虫，夕阳下树上的秋蝉唧唧声把我们已飞的神思捕来！梅影一回顾，见我也立在她后面发呆，不禁得扑嗤的一笑，反把我吓了一跳。我们遂抛了那沉思的生活，转出了葡萄架后面见那一块广田分畦，种的各种蔬菜，夹杂的些野花，但却带着点憔悴的色彩，因为经了秋的缘故。有三五农夫似的园丁，蹲在那绿畦里，栽培蔬菜。他见那绿叶的大瓜，面上发出极愉快的微笑。他很乐意把全副的精神，都注在那茂盛实力的收获上。所以他很（热）诚地保护着她。

我们很不愿意离开这深刻缁衣的葡萄架下，但无情的光阴板着脸又赶着我们度黄昏黑暗的生活了。一刹那间的安慰，又匆匆地过去了，那时夕阳残霞照在一片昏黄的草地上，幻出各样的色彩，他也要着未别我们之先，发挥尽他的爱和光——因为他要去了。那黑暗的魔降逼来了！哦！葡萄架下的回忆也完了。我回忆时的时况，这回要叫人忆了……人生的波，匆匆去了。一点一点的浪花都织在脑海的波澜纹里了。一幕一幕不尽何时回忆了啊？

一九二二年十月一号，在北京女子高师

灰　烬

　　我愿建我的希望在灰烬之上，然而我的希望依然要变成灰烬：灰烬是时时刻刻的寓在建设里面，但建设也时时刻刻化作灰烬。

　　我常对着一堆灰烬微笑，是庆祝我建设的成功，然而我也对着灰烬痛哭，是抱恨我的建设的成功终不免仍是灰烬。

　　一星火焰起了，围着多少惊怕颤战的人们，惟恐自己的建设化成灰烬；火焰熄了，人们都垂头丧气离开灰烬或者在灰烬上又用血去点燃建筑起伟大的工程来！在他们欣欣然色喜的时候，灰烬已走进来，偷偷的走进来了！

　　这本来是平常的一件事，然而众人都拿它当作神妙的谜。我为了这真不能不对聪明的人们怀疑了！

　　谁都忍心自己骗自己，谁都是看不见自己的脸，而能很清楚的看别人的脸，不觉自己的面目可憎，常常觉着别人的面目是可憎。上帝虽然曾告诉人们有一面镜子，然而人们都藏起来，久之久之忘了用处，常常拿来照别人。

　　这是上帝的政策，羁系世界的绳索；谁都愿意骗自己，毫不觉得诚心诚意供献一切给骗自己的神。

　　我们只看见装璜美丽、幻变无常的舞台，然而我们都不愿去知道，复杂凌乱，真形毕露的后台；我们都看着喜怒聚合、乔装假扮的戏剧，然而我们都不过问下装闭幕后的是谁？不愿去知道，不愿去过问，明知道是怕把谜猜穿。可笑人们都愿蒙上这一层自己骗自己的薄纱，永远不要猜透，直到死神接引的时候。

锦绣似的花园，是荒冢，是灰烬！美丽的姑娘，是腐尸，是枯骨！然而人们都徘徊在锦绣似的花园，包围着美丽的姑娘。荒冢和枯骨都化成灰烬了，沉恋灰烬的是谁呢？我在深夜点着萤火灯找了许久了，然而莫有逢到一个人？

谁都认荒冢枯骨是死了的表象，然而我觉着是生的开始，因此我将我最后的希望建在灰烬之上。

在这深夜里，人们都睡了，我一个人走到街上去游逛，这是专预备给我的世界罢！一个人影都莫有，一点声音都莫有，这时候统治宇宙的是我，静悄悄家家的门儿都关闭着，人们都在梦乡里呓语，睁着眼看这宇宙的只有的我！我是拒绝在门外和梦乡的人，纵然我现在投到母亲的怀里，母亲肯解怀留我；不过母亲也要掠夺的，她的女儿为什么和一切的环境反抗，众人蠢动的时候，他却睡着，众人睡梦的时候，她却在街上观察宇宙，观察一切已经沉寂的东西呢？

其实这有什么惊奇呵：一样度人生，谁也是消磨这有尽的岁月，由建设直到灰烬；我何尝敢和环境反抗，为什么我要和它们颠倒呢？为了我的希望建在灰烬之上，而他们的希望却是建在坚固伟大的工程里。

我终日和人们笑，但有时我在人们面前流下泪来！这不过只是我的一种行为，环境逼我出此的一种行为。我的心绝对不跑到人间，尤其不会揭露在人们的面前。我的心是闪烁在烨光萤火之上，荒墟废墓之间；在那里你去低唤着我的心时，她总会答应你！而且她会告诉你不知道的那个世界里的世界。萤火便在我手里，然而追了她光华来找我的却莫有人。

我想杀人，然而人也想杀我；我想占住我的地盘，然而人也想占住我的地盘；我想推倒你，谁知你也正在要推倒我！翻开很厚的历史，展阅很广的地图，都是为了这些把戏。我站在睡了的地球上，看着地上的血迹和尸骸这样想。

一把火烧成了灰烬，灰烬上又建造起很伟大庄严美丽的工程来。火是烧不尽的，人也是杀不尽的，假如这就是物质不灭的时候。

人生便是否相仇杀残害，然而多半是为了扩大自己的爱，爱包括了一切，统治了一切；因之产生了活动的进行的战线，在每个人离开母怀的时候，这是经验告诉我的。

烦恼用铁锤压着我，同时又有欲望的花香引诱我，设下一道深阔的河，然而却造下航渡的船筏；朋友们，谁能逃逸出这安排好的网儿？蠢才！低着头负上你肩荷的东西，走这万里途程罢，一点一点走，当你息肩叹气时，隐隐的深林里有美妙的歌声唤你，背后却有失望惆怅骑着快马追你！

朝霞照着你！晚虹也照着你！然而你一天一天走进墓门了。不是墓门，是你希望的万里途程，这缘途有高官厚禄娇妻美妾，名誉金钱幸福爱人。那里是个深远的幽谷，这端是生，那端便是死！这边是摇篮，那边便是棺材。

我看见许多人对我骄傲的笑，同时也看见许多人向我凄哀的哭；我分辨不出他们的脸来，然而我只知道他们是同我走着一条道的朋友。我曾命令他们说：

"俘虏！你跪在我裙下！"

然而有时他们也用同样的命令说：

"进来吧！女人，这是你自己的家。"

这样互相骗着，有时弄态作腔的，时哭时笑；其实都是这套把戏，得意的笑，和失望的哭，本来是一个心的两面，距离并不遥远。

势不两立的仇敌，戴上一个假面具时，马上可以握手言欢，作爱的朋友；爱的朋友，有时心里用箭用刀害你时，你却笑着忍受。看着别人杀头似乎是宰羊般有趣，当自己割破了指头流血时，心痛到全部的神经都颤战了！

我不知道为了犯人才有监狱，还是有了监狱才有犯人；但是聪明的人们，都愿意自己造了圈套自己环绕，有宁死也愿意坐在监狱里，而不愿焚毁了监狱逃跑的。

我良心常常在打骂我，因为我在小朋友面前曾骄傲我的宝藏，她们将小袋检开给我看时，我却将我的大袋挂在高枝上。我欺骗了自己，我不管她，人生本来是自骗；然而几次欺骗了人，觉的隐隐有鬼神在嘲笑我！而且深夜里常觉有重锤压在我心上。其实这是我太聪明了，一样的有许多人正在那里骗我，一样有许多人也挂着大袋骄傲我？

我在睡了的地球上，徘徊着，黑暗的夜静悄悄包围了我。在这时候，我的思想落在纸上。鸡鸣了！人都醒了，我面前有一堆灰烬。

母亲！寄给你，我一夜燃成的灰烬！

然而这灰烬上却建着我最后的希望！

董二嫂

夏天一个黄昏，我和父亲坐在葡萄架下看报，母亲在房里做花糕；嫂嫂那时病在床上。我们四周围的空气非常静寂，晚风吹着鬓角，许多散发飘扬到我脸上，令我沉醉在这穆静慈爱的环境中，像饮着醇醴一样。

这时忽然送来一阵惨呼哀泣的声音！我一怔，浑身的细胞纤维都紧张起来，我掷了报陡然的由竹椅上站起，父亲也放下报望着我，我们都屏声静气的听着！这时，这惨呼声更真切了，还夹着许多人声骂声重物落在人身上的打击声！母亲由房里走出，挽着袖张着两只面粉手，也站在台阶上静听！

这声音似乎就在隔墙。张妈由后院嫂嫂房里走出；看见我们都在院里，她惊惶地说："董二嫂又挨打了，我去瞧瞧怎么回事？"

张妈走后，我们都莫有说话，母亲低了头弄她的面手，父亲依然看着报，我一声不响的站在葡萄架下。哀泣声，打击声，嘈杂声依然在这静寂空气中荡漾。我想着人和人中间的感情，到底用什么维系着？人和人中间的怨仇，到底用什么纠结着？我解答不了这问题，跑到母亲面前去问她：

"妈妈！她是谁？常常这样闹吗？"

"这些事情不稀奇，珠，你整天在学校里生活，自然看不惯。

其实家庭里的罪恶，像这样的多着呢。她是给咱挑水的董二的媳妇，她婆婆是著名的狠毒人，谁都惹不起她；耍牌输了回来，就要找媳妇的气生。董二又是一个糊涂人；听上他娘的话就拼命的打媳妇！隔不了十几天，就要闹一场；将来还不晓得弄什么祸事。"

母亲说着走进房里去了。我跑到后院嫂嫂房里，刚上台阶我就喊她，她很细微的答应了我一声！我揭起帐子坐在床沿，握住她手问她：

"嫂嫂，你听见莫有？那面打人！妈妈说是董二的媳妇。"

"珠妹！你整天讲妇女问题，妇女解放，你能拯救一下这可怜被人践踏毒打的女子吗？"

她说完望着我微笑！我浑身战栗了！惭愧我不能向她们这般人释叙我高深的哲理，我又怎能有力拯救这些可怜的女同胞！我低下头想了半天，我问嫂嫂：

"她这位婆婆，我们能说进话去吗？假使能时，我想请她来我家，我劝劝她；或者她会知道改悔！"

"不行，我们刚从省城回来，妈妈看不过；有一次叫张妈请她婆婆过来，劝导她；当时她一点都不承认她虐待媳妇，她反说了许多董二媳妇的坏话。过后她和媳妇生气时，嘴里总要把我家提到里边，说妈妈给她媳妇支硬腰，合谋的要逼死她；妹！这样无知识的人，你不能理喻的；将来有什么事或者还要赖人，所以旁人绝对不能干涉他们家庭内的事！咳！那个小媳妇，前几天还在舅母家洗了几天衣裳，怪可人的模样儿，晓得她为什么这般薄命逢见母夜叉？"

张妈回来了，气的脸都青了，喘着气给我斟了一杯茶，我看见她这样忍不住笑了！嫂嫂笑着望她说：

"张妈！何必气成这样，你记住将来狗子娶了媳妇，你不要那么待她就积德了。"

"少奶奶！阿弥陀佛！我可不敢，谁家里莫有女儿呢；知道疼自己的女儿，就不疼别人的女儿吗？狗子娶了媳妇我一定不歪待她的，少奶你不信瞧着！"

她们说的话太远了，我是急于要从张妈嘴里晓得董二嫂究竟为了什么挨打。后来张妈仔细的告诉我，原来为董二的妈今天在外边输了钱。回来向她媳妇借钱，她说莫有钱；又向她借东西，她说陪嫁的一个橱两个箱，都在房里，不信时请她去自己找，董二娘为了这就调唆着董二打他媳妇！确巧董二今天在坡头村吃了喜酒回来，醉熏熏的听了他娘的话，不分皂白便痛打了她一阵。

那边哀泣声已听不到，张妈说完后也帮母亲去蒸花糕，预备明天我们上山做干粮的。吃晚饭时母亲一句话都莫有说，父亲呢，也不如平常高兴；我自己也莫名其妙的荡漾起已伏的心波！那夜我莫有看书，收拾了一下我们上山的行装后，很早我就睡了，睡下时我偷偷在枕上流泪！为什么我真说不来；我常想着怎样能安慰董二嫂。可怜我们在一个地球上，一层粉墙隔的我们成了两个世界里的人，为什么我们无力干涉她？什么县长？什么街长？他们诚然比我有力去干涉她，然而为什么他们都视若罔睹，听若罔闻呢！

"十年媳妇熬成婆"，大概他们觉得女人本来不值钱，女人而给人做媳妇，更是命该倒霉受苦的！因之他们毫不干涉，看着这残忍野狠的人们猖狂，看着这可怜微小的人们呻吟！是环境造成了这个习惯，这习惯又养了这个狠心。根本他们看一个人的生命，和蚂蚁一样的不在意。可怜摈弃在普通常识外的人们呵！什么时候才认识了女人是人呢？

第二天十点钟我和父亲昆姪坐了轿子去逛山，母亲将花糕点心都让人挑着；那天我们都高兴极了！董二嫂的事，已不在我们心域中了！

在杨村地方，轿夫们都放下轿在那里息肩，我看见父亲怒冲冲的和一个轿夫说话，站的远我听不真，看样子似乎父亲责备那个人。我问昆姪那个轿夫是谁，他说那就是给我们挑水的董二。我想到父亲一定是骂他不应该欺侮他自己的女人。我默祷着董二嫂将来的幸福，或许她会由黑洞中爬出来，逃了野兽们蹂躏的一天！

我们在山里逛了七天，父亲住在庙里看书，我和昆姪天天看朝霞望日升，送晚虹迎月升，整天在松株青峰清溪岩石间徘徊。夜里在古刹听钟声，早晨在山上听鸣禽；要不然跑到野草的地上扑捉蝴蝶。这是我生命里永不能忘记的，伴着年近古稀的老父，偕着双鬟未成的小姪，在这青山流水间，过这几天浪漫而不受任何拘束的生活。

七天后，母亲派人来接我们。抬轿的人换了一个，董二莫有来。下午五点钟才到家，看见母亲我高兴极了，和我由千里外异乡归来一样：虽然这仅是七天的别离。

跑到后院看嫂嫂，我给她许多美丽的蝴蝶，昆姪坐在床畔告诉她逛山的所见，乱七八糟不知她该告诉母亲什么才好。然而嫂嫂绝不为了我们的喜欢而喜欢，她仍然很忧郁的不多说话，我想她一定是为了自己的病。我正要出去；张妈揭帘进来，嘴张了几张似乎想说话又不敢说，只望着嫂嫂；我奇怪极了，问她：

"什么？张妈？"

"太太不让我告小姐。"

她说着时望着嫂嫂。昆姪比我还急，跳下床来抱住张妈像扭股儿糖一样缠她，问她什么事不准姑姑知道。嫂嫂笑了！她说：

"其实何必瞒你呢：不过妈因为你胆子小心又软，不愿让你知道；不过这些事在外边也很多，你虽看不见，然而每一天社会新闻栏里有的是，什么稀奇事儿！"

"什么事呢？到底是什么事？"我问。

张妈听了嫂嫂话，又听见我追问，她实在不能耐了，张着嘴，双手张开跳到我面前，她说：

"董二的媳妇死了！"

我莫有勇气，而且我也想不必，因之我不追问究竟了。我扶着嫂嫂的床栏呆呆地站了有十分钟，嫂嫂闭着眼睛，张妈在案上检药包，昆侄拉着我的衣角这样沉默了十分钟。后来还是奶妈进来叫我吃饭，我才回到妈妈房里。

妈妈莫有说什么，父亲也莫有说什么，然而我已知道他们都得到这个消息了！一般人认为不相干的消息，在我们家里，却表示了充分的黯淡！

董二嫂死了！不过像人们无意中践踏了的蚂蚁，董二仍然要娶媳妇，董二娘依然要当婆婆，一切形式似乎都照旧。

直到我走，我再莫有而且再不能听见那哀婉的泣声了！然而那凄哀的泣声似乎常常在我耳旁萦绕着！同时很惭愧我和她是两个世界的人，我感觉到自己的力量太微小了，我是贵族阶级的罪人，我不应该怨恨一切无知识的狠毒妇人，我应该怨自己未曾指导救护过一个人。

血 尸

我站在走廊上望着飞舞的雪花，和那已透露了春意的树木花草，一切都如往日一样。黯淡的天幕黑一阵，风雪更紧一阵，遥望着执政府门前的尸身和血迹，风是吹不干，雪是遮不住。

走进大礼堂，我不由的却步不前。从前是如何的庄严灿烂，现在冷风切切，阴气森森，简直是一座悲凄的坟墓。

我独自悄悄地走到那副薄薄的小小的棺材旁边。低低地喊着那不认识的朋友的名字——杨德群。在万分凄酸中，想到她亲爱的父母和兄弟姊妹时，便不禁垂泪了！只望她负笈北京，完成她未来许多伟大的工作和使命，哪想到只剩得惨死异乡，一棺横陈！

这岂是我们所望于她的，这岂是她的家属所望于她的，这又岂是她自己伟大的志愿所允许她的，然而环境是这样结果了她。十分钟前她是英气勃勃的女英雄，十分钟后她便成了血迹模糊、面目可怖的僵尸。

为了抚问未死的伤者，便匆匆离开了死的朋友，冒着寒风，迎着雪花，走向德国医院。当我看见那半月形的铁栏时，我已战栗了！谁也想不到，连自己也想不到，在我血未冷魂未去以前，会能逼我重踏这一块伤心的地方。

样样都令人触目惊心时，我又伏在晶清的病榻前，为了她侥

111

幸的生存，向上帝作虔诚的祈祷！她闭着眼，脸上现出极苦痛的表情。这时凄酸涌住我的喉咙，不能喊她，我又轻轻地用我的手摇醒她。

"呵！想不到还能再见你！"她哽咽着用手紧紧握住我，两眼瞪着，再不能说什么话了。我一只腿半跪着，蹲在病榻前，我说：

"清！你不要悲痛，现在我们不入地狱，谁入地狱？便是这样的死，不是我们去死，谁配去死？我们是在黑暗里摸索寻求光明的人，自然也只有死和影子追随着我们。'永远是血，一直到了坟墓'。这不值得奇怪和惊异，更不必过分的悲痛，一个一个倒毙了，我们从他们尸身上踏过去，我们也倒了，自然后边的人们又从我们身上踏过去。"

"生和死，只有一张蝉翼似的幕隔着。"

"看电影记得有一个暴君放出狮子来吃民众。昨天的惨杀，也是放出野兽来噬人。只恨死几十个中国青年，却反给五色的国徽上染了一片污点，以后怎能再拿上这不鲜明的旗帜见那些大礼帽、燕尾服的外国绅士们。"

这时候张敬淑抬下去看伤，用 X 光线照弹子在什么地方。她睡在软床上，眼闭着，脸苍白的可怕。经过我们面前时，我们都在默祷她能获得安全的健康。

医院空气自然是很阴森凄惨，尤其不得安神的是同屋里的重伤者的呻吟。清说她闭上眼便看见和珍，耳鼓里常听见救命和枪声。因此，得了狄大夫的允许，她便和我乘车回到女师大。听说和珍棺材，五时可到学校，我便坐在清的床畔等着。

我要最后别和珍，我要看和珍在世界上所获到的报酬。由许多人抚养培植的健康人格，健康身体，更是中国女界将来健康的柱石，怎样便牺牲在不知觉的撒手中？

　　天愁地惨，风雪交作的黄昏时候，和珍的棺材由那泥泞的道路里，抬进了女师大。多少同学都哭声震天的迎着到了大礼堂。这时一阵阵的风，一阵阵的雪，和着这凄凉的哭声和热泪！我呢，也在这许多勇敢可敬的同学后面，向我可钦可敬可悲可泣的和珍，洒过一腔懦弱的血泪，吊她尚未远去的英魂！

　　粗糙轻薄的几片木板，血都由裂缝中一滴一滴的流出，她上体都赤裸着，脸上切齿瞪眼的情形内，赠给了我们多少的勇气和怨愤。和珍，你放心的归去吧！我们将踏上你的尸身，执着你赠给我们的火把，去完成你的志愿，洗涤你的怨恨，创造未来的光明！和珍！你放心的归去罢！假如我们也倒了，还有我们未来的朋友们。

　　她胸部有一个大孔，鲜血仍未流完，翻过背来，有一排四个枪眼，前肋下一个，腋下一个，胸上一个，大概有七枪，头上的棒伤还莫有看出。当扶她出来照像时，天幕也垂下来了，昏暗中我们都被哭声和风声，绞着；雪花和热泪，融着。这是我们现时的环境，这便是我们的世界，多少女孩儿，围着两副血尸！

　　这两副血尸，正面写着光荣！背面刻着凄惨！

大惨杀的第二天

痛哭和珍

　　和珍！冷的我抖颤，冷的我两腿都抖颤！一只手擦着眼泪，一只手扶着被人踏伤的晶清，站在你灵前。抬起头，香烟缭绕中，你依然微笑的望着我们。

　　我永不能忘记你红面庞上深深的一双酒靥，也永不能忘记你模糊的血迹，心肺的洞穿！和珍，到底哪一个是你，是那微笑的遗影，是那遗影后黑漆的棺材！

　　惨淡庄严的礼堂，供满了鲜花，挂满了素联，这里面也充满了冷森，充满了凄伤，充满了同情，充满了激昂！多少不相识的朋友们都掬着眼泪，来到这里吊你，哭你！看那渗透了鲜血的血衣。

　　多少红绿的花圈，多少赞扬你哀伤你的挽联，这不是你遗给我们的，最令我们触目惊心的便是你的血尸，你的血衣！你的血虽然冷了，温暖了的是我们的热血，你的尸虽然僵了，铸坚了的是我们的铁志。

　　最懦弱最可怜的是这些只能流泪，而不敢流血的人们。此后一定有许多人踏向革命的途程，预备好了一切去轰击敌人！指示我们罢，和珍，我也愿将这残余的生命，追随你的英魂！

　　四围都是哀声，似乎有万斤重闸压着不能呼吸，烛光照着你的遗容，使渺小的我不敢抬起头来。和珍！谁都称你作烈士，谁都赞扬你死的光荣，然而我只痛恨，只伤心，这黑暗崎岖的旅途谁来导领？多少伟大的工程凭谁来完成？况且家中尚有未终养的老母，未成年的弱弟，等你培植，待你孝养。

不幸，这些愿望都毁灭在砰然一声的卫士手中！

当偕行社同学公祭你时，她们的哀号，更令我心碎！你怎忍便这样轻易撒手的离开了她们，在这虎威抖擞，豺狼得意的时候。自杨荫榆带军警入校，至章士钊雇老妈拖出，一直是同患难，同甘苦，同受惊恐，同遭摧残，同到宗帽胡同，同回石驸马大街。三月十八那天也是同去请愿，同在枪林弹雨中扎挣，同在血泊尸堆上逃命；然而她们都负伤生还，只有你，只有你是惨被屠杀！

她们跟着活泼微笑的你出校，她们迎着血迹模糊的你归来，她们怎能不痛哭战线上倒毙的勇士，她们怎能不痛哭战斗正殷中失去了首领！

一年来你们的毅力，你们的精神，你们的意志，一直是和恶势力奋斗抵抗，你们不仅和豺狼虎豹战，狗鼠虫豸战，还有绅士式的文妖作敌，贵族式的小姐忌恨。如今呢，可怜她们一方面要按着心灵的巨创，去吊死慰伤，一方面又恐慌着校长通缉，学校危险，似乎这艰难缔造的大厦，要快被敌人的铁骑蹂躏！

和珍！你一瞑目，一撒手，万事俱休。但是她们当这血迹未干，又准备流血的时候，能不为了你的惨死，瞻望前途的荆棘黑暗而自悲自伤吗？你们都是一条战线上的勇士，追悼你的，悲伤你的，谁能不回顾自己。

你看她们都哭倒在你灵前，她们是和你偕行去、偕行归来的朋友们，如今呢，她们是虎口余生的逃囚，而你便作了虎齿下的牺牲，此后你离开了她们永不能偕行。

和珍！我不愿意你想起我，我只是万千朋友中一个认识的朋友，然而我永远敬佩你作事的毅力，和任劳任怨的精神，尤其你那微笑中给与我的热力和温情。前一星期我去看晶清，楼梯上逢见你，你握住我手微笑的静默了几分钟，半天你问了一句："晶清在自治会你看见吗？"便下楼去了。这印象至如今都很真的映在我脑海。第二次见你便是你的血尸，那血迹模糊，洞穿遍体的血尸！这次你不能微笑了，只怒目切齿的瞪视着我。

自从你血尸返校，我天天抽空去看你，看见你封棺，漆材，和今天万人同哀的追悼会。今天在你灵前，站了一天，但是和珍，我不敢想到明天！

现在夜已深了，你的灵前大概也绿灯惨惨，阴气沉沉的静寂无人，这是你的尸骸在女师大最后一夜的停留了，你安静的睡吧！不要再听了她们的哭声而伤心！明天她们送灵到善果寺时，我不去执绋了，我怕那悲凉的军乐，我怕那荒郊外的古刹，我更怕街市上，灰尘中，那些蠕动的东西。他们比什么都蠢，他们比什么都可怜，他们比什么都残忍，他们整个都充满了奴气。当你的棺材，你的血衣，经过他们面前，触入他们眼帘时，他们一面瞧着热闹，一面悄悄地低声咒骂你"活该"！他们说：

"本来女学生起什么哄，请什么愿，亡国有什么相干？"

虽然我们不要求人们的同情，不过这些寒心冷骨的话，我终于不敢听，不敢闻。自你死后，自这大屠杀闭幕后，我早已失丢了，吓跑了，自己终于不知道究竟去了哪里？

和珍！你明天出了校门走到石驸马大街时，你记得不要回头。假如回头，一定不忍离开你自己纤手铁肩，惨淡缔造的女师大；假如回头，一定不忍舍弃同患难，同甘苦的偕行诸友；假如回头，你更何忍看见你亲爱的方其道，他是万分懊丧，万分惆怅，低头洒泪在你的棺后随你！一直向前去罢，披着你的散发，滴着你的鲜血，忍痛离开这充满残杀，充满恐怖，充满豺狼的人间罢！

沉默是最深的悲哀，此后你便赠给我永久的沉默。

我将等着，能偷生时我总等着，有一天黄土埋了你的黑棺，众人都离开你，忘记你，似乎一个火花爆裂，连最后的青烟都消灭了了的时候，风晨雨夕，日落乌啼时，我独自来到你孤冢前慰问你黄泉下的寂寞。

和珍，梦！噩梦！想不到最短时期中，匆匆草草了结了你的一生！然而我们不幸的生存者，连这都不能得到，依然供豺狼虫豸的残杀，还不如死在何日？又有谁来痛哭凭吊齿残下的我们？

冷风一阵阵侵来，我倒卧在床上战栗！

三月廿五日　赴和珍追悼会归来之夜中写

附录：记念刘和珍君（鲁迅原文）

鲁　迅

一

中华民国十五年三月二十五日，就是国立北京女子师范大学为十八日在段祺瑞执政府前遇害的刘和珍、杨德群两君开追悼会的那一天，我独在礼堂外徘徊，遇见程君，前来问我道："先生可曾为刘和珍写了一点什么没有？"我说"没有"。她就正告我，"先生还是写一点罢；刘和珍生前就很爱看先生的文章。"

这是我知道的，凡我所编辑的期刊，大概是因为往往有始无终之故罢，销行一向就甚为寥落，然而在这样的生活艰难中，毅然预定了《莽原》全年的就有她。我也早觉得有写一点东西的必要了，这虽然于死者毫不相干，但在生者，却大抵只能如此而已。倘使我能够相信真有所谓"在天之灵"，那自然可以得到更

117

大的安慰，——但是，现在，却只能如此而已。

可是我实在无话可说。我只觉得所住的并非人间。四十多个青年的血，洋溢在我的周围，使我艰于呼吸视听，哪里还能有什么言语？长歌当哭，是必须在痛定之后的。而此后几个所谓学者文人的阴险的论调，尤使我觉得悲哀。我已经出离愤怒了。我将深味这非人间的浓黑的悲凉；以我的最大哀痛显示于非人间，使它们快意于我的苦痛，就将这作为后死者的菲薄的祭品，奉献于逝者的灵前。

二

真的猛士，敢于直面惨淡的人生，敢于正视淋漓的鲜血。这是怎样的哀痛者和幸福者？然而造化又常常为庸人设计，以时间的流驶，来洗涤旧迹，仅使留下淡红的血色和微漠的悲哀。在这淡红的血色和微漠的悲哀中，又给人暂得偷生，维持着这似人非人的世界。我不知道这样的世界何时是一个尽头！

我们还在这样的世上活着；我也早觉得有写一点东西的必要了。离三月十八日也已有两星期，忘却的救主快要降临了罢，我正有写一点东西的必要了。

三

在四十余被害的青年之中，刘和珍君是我的学生。学生云者，我向来这样想，这样说，现在却觉得有些踌躇了，我应该对她奉献我的悲哀与尊敬。她不是"苟活到现在的我"的学生，是为了中国而死的中国的青年。

她的姓名第一次为我所见，是在去年夏初杨荫榆女士做女子师范大学校长，开除校中六个学生自治会职员的时候。其中的一个就是她；但是我不认识。直到后来，也许已经是刘百昭率领男女武将，强拖出校之后了，才有人指着一个学生告诉我，说：这就是刘和珍。其时我才能将姓名和实体联合起来，心中却暗自诧异。我平素想，能够不为势利所屈，反抗一个有羽翼的校长的学生，无论如何，总该是有些桀骜锋利的，但她却常常微笑着，态度很温和。待到偏安于宗帽胡同，赁屋授课之后，她才始来听我的讲义，于是见面的回数就较多了，也还是始终微笑着，态度很温和。待到学校恢复旧观，往日的教职员以为责任已尽，准备陆续引退的时候，我才见她虑及母校前途，黯然至于泣下。此后似乎就不相见。总之，在我的记忆上，那一次就是永别了。

四

我在十八日早晨，才知道上午有群众向执政府请愿的事；下午便得到噩耗，说卫队居然开枪，死伤至数百人，而刘和珍君即在遇害者之列。但我对于这些传说，竟至于颇为怀疑。我向来是不惮以最坏的恶意，来推测中国人的，然而我还不料，也不信竟会下劣凶残到这地步。况且始终微笑着的和蔼的刘和珍君，更何至于无端在府门前喋血呢？

然而即日证明是事实了，作证的便是她自己的尸骸。还有一具，是杨德群君的。而且又证明着这不但是杀害，简直是虐杀，因为身体上还有棍棒的伤痕。

但段政府就有令，说她们是"暴徒"！

但接着就有流言，说她们是受人利用的。

惨象，已使我目不忍视了；流言，尤使我耳不忍闻。我还有什/z，话可说呢？我懂得衰亡民族之所以默无声息的缘由了。沉默呵，沉默呵！不在沉默中爆发，就在沉默中灭亡。

五

但是，我还有要说的话。

我没有亲见；听说她，刘和珍君，那时是欣然前往的。自然，请愿而已，稍有人心者，谁也不会料到有这样的罗网。但竟在执政府前中弹了，从背部入，斜穿心肺，已是致命的创伤，只是没有便死。同去的张静淑君想扶起她，中了四弹，其一是手枪，立仆；同去的杨德群君又想去扶起她，也被击，弹从左肩入，穿胸偏右出，也立仆。但她还能坐起来，一个兵在她头部及胸部猛击两棍，于是死掉了。

始终微笑的和蔼的刘和珍君确是死掉了，这是真的，有她自己的尸骸为证；沉勇而友爱的杨德群君也死掉了，有她自己的尸骸为证；只有一样沉勇而友爱的张静淑君还在医院里呻吟。当三个女子从容地转辗于文明人所发明的枪弹的攒射中的时候，这是怎样的一个惊心动魄的伟大呵！中国军人的屠戮妇婴的伟绩，八国联军的惩创学生的武功，不幸全被这几缕血痕抹杀了。

但是中外的杀人者却居然昂起头来，不知道个个脸上有着血污……

六

时间永是流驶，街市依旧太平，有限的几个生命，在中国是不算什么的，至多，不过供无恶意的闲人以饭后的谈资，或者给有恶意的闲人作"流言"的种子。至于此外的深的意义，我总觉得很寥寥，因为这实在不过是徒手的请愿。人类的血战前行的历史，正如煤的形成，当时用大量的木材，结果却只是一小块，但请愿是不在其中的，更何况是徒手。

然而既然有了血痕了，当然不觉要扩大。至少，也当浸渍了亲族，师友，爱人的心；纵使时光流驶，洗成绯红，也会在微漠的悲哀中永存微笑的和蔼的旧影。陶潜说过，"亲戚或余悲，他人亦已歌，死去何所道，托体同山阿。"倘能如此，这也就够了。

七

我已经说过：我向来是不惮以最坏的恶意来推测中国人的。但这回却很有几点出于我的意外。一是当局者竟会这样地凶残，一是流言家竟至如此之下劣，一是中国的女性临难竟能如是之从容。

我目睹中国女子的办事，是始于去年的，虽然是少数，但看那干练坚决，百折不回的气概，曾经屡次为之感叹。至于这一回在弹雨中互相救助，虽殒身不恤的事实，则更足为中国女子的勇毅，虽遭阴谋秘计，压抑至数千年，而终于没有消亡的明证了。倘要寻求这一次死伤者对于将来的意义，意义就在此罢。

苟活者在淡红的血色中，会依稀看见微茫的希望；真的猛士，将更奋然而前行。

呜呼，我说不出话，但以此记念刘和珍君！

四月一日

再读《兰生弟的日记》

八月底从山城到北京的第二日，在朋友案头看见了沙漠中满载归来的骆驼，那夜和翌晨读完了《兰生弟的日记》。莫有什么话可表示我那时的心境，似乎是在一种不宁静的心情中，更添加了几许人间共有的惆怅！

过了几日在书摊上又看见那青衣白签的单行本，在万紫千红各色都有的新书堆里，它为什么那样清淡那样孤独呢！直觉的给与我一种悲绪后，买了一本归来。白天我是勤苦的工作着，晚间夜静，在灯下我咽着自己的悲哀，再读《兰生弟的日记》。

真不知道是怎样过去的，如我们现在这种繁剧压迫愤怒恐怖中的生活。我们的生命是沉下去，沉下去，沉到不可深测的涧底去了。在悲哀、颓丧、肤浅、懒惰中悄悄走过去的，也许是我们这莫有力，莫有声，莫有动的空洞的生命罢！

这年头儿，我们都是咽着泪，流着血，按着创痛，鼓着余勇，在枪炮场中，尸骨堆里，找寻理想的绿洲的人群。假使成功胜利是建筑在失败绝望的基础上，那么我们是应该怎样燃烧着内心的希望，向黑暗的，崎岖的，荆棘丛生的道路中摸索着去更深更深的人生内寻求光明呢。《兰生弟的日记》中告诉我们的，或者就是这些。

厨川白村说：艺术的天才，是将纯真无杂的生命之火红焰焰地燃烧着的自己，就照本来面目投给世间。把横在生命的跃进的路上的魔障相冲突的火花，捉住它呈献于自己所爱的面前，将真的自己赤裸的忠诚的整个的表现出。

我读完《兰生弟的日记》后，使我认识了自己生命力量的无限。一直到现在，我都感谢作者所指示所给与的是那样丰富而充实。我比拟它如一只小小的慈航，在瀚海汪洋中，作我们多少青年的摆渡，使我们在波浪汹涌的海上，有了平静的强毅的把舵的力量和进行的方向。作者所表现的是我们现在的世界内，他的人格和个性在环境中冲击出的火花，他整个把内心经验的总量供献告诉给我们后，他又去更深更深的去处追求着，他是认识了生命，欲将生命安置在他理想的眠床上而努力的人。

谁也说文学家们的小说似乎不能坚认为诚实。所以最率真坦白能表现了自己的，还须在日记和尺牍中，比较能找到。这本《兰生弟的日记》，是一种告白录的体裁，是近代人所最流行的。内容很简单，是主人翁罗兰生寄给薰南姊告白恋爱的一封信。仿佛兰生弟是一个多愁多病林黛玉式的青年，然而他却又是世界上最有力量，最有勇气，最能容忍，最能奋斗，百战中经烂熟的一位英雄。如：

"今天搬家了！五个月的生活沉溺到不可超渡。拍拍身子满是锈屑，朝上收拾行车时衷肠百结。临别时我真欲哭……脱去旧皮必定有血斑淋漓的苦痛的，我须耐得住这个苦痛！"

"……我说人是战胜一切而生存的。我对你说我和失恋战，和失学战，和贫困战，和病苦战，到处都是苦战……"

"……天上的神！你为什么如此苛酷？你一步一步逼到我如此！逼到我发狂，我忍住！我咬定牙齿忍住。我从死中求生，求光明，求爱！但是仍旧一步一步逼到我死，到黑暗，到绝望！"

"……我离死期不远了，但是我自己还莫有决心自杀，我在那个时期体验到失了一切光明，失了一切希望的人还不能对于现世否定生存欲的那种人类的确执性。我在那个时期意识到自己虽是力竭声嘶还不肯放手，硬要和现实抓攫胜负。"

"……我匆匆告别回来，走进宿舍，何以说不出理由的流了很久很久的眼泪！岛崎藤村在一部作品里说主人公初入社会时往往泪流满颊的。我那天的眼泪否则也无从说明理由起。"

这点滴着血泪的人生，兰生弟是怎样挣扎着去追求他的幻梦。似乎大海中的扁舟，一个大浪滚卷在雪花中了，浪落下时扁舟又颠覆在另一个大浪里。如斯一浪接一浪，他的生命的光荣和富丽，都在这起落的雪花中飞舞着闪烁着！这是多么值的赞美敬佩的精神！

我是信仰恋爱专一有永久性的，我是愿意在一个杯里沉醉或一个梦里不醒的。假使我的希望作了灰，我便将这灰包裹了我这一生，假使我的希望陷落在深涧底，我愿我的心化作了月亮，永久不离的照着这深涧的。最令我敬佩的，便是兰生弟也是在这方面努力的人。他的爱是和他的生命一样，皈依在上帝的神座下永久祈祷着！

"八月二日那天醒来时觉得做着了你的梦，日记上说：今朝醒来时还记着一个刻印心肝的梦！心肝心肝的梦呵！我今生为此梦而终了！"

"我那能忘你，我那能忘你！沉默以终，他生记忆。我那能忘你，我那能忘你！"

"……于是大家一致认我是最有希望。我着力的否定道：'我有眼中看不见的羁束'。"

这些镂心刻骨的誓言，这真诚勇往的精神，是能令乐园的石门撞开的。我祝福多少青年们有这种精神的，假使就是失败了，绝望了，也是胜利圆满。

我常想只有缺陷才能构成理想中圆满的希望，只有缺陷才能感到人生旅途中追求的兴味。厨川白村在《缺陷之美》内曾这样说：

"……看起各人的境遇来，也一定总有些什么缺陷。有钱却生病；身体很好然而穷。一面赚着钱则一面在赔本。刚以为这样就好了，而还莫有好的事立刻跟着一件一件地出来。人类所做的事，无瑕的事是没有的，譬如即使极其愉快的旅行，在长路中，一定要带一两件失策，数着什么苦恼，不舒服的事。于是人类就假想了毫无这样缺陷的圆满具足之境，试造出天国或极乐世界来，但是这样的东西，在这地上，是没有的。

性格上，境遇上，社会上，都有各样的缺陷。缺陷所在的处所，一定现出不相容的两种力的纠葛和冲突来。将这纠葛，这冲突，从纵，从横，从上，从下，观看了，描写出来的，就是戏曲，就是小说，倘使没有这样的缺陷，人生固然是太平无事了，但同时也就再没有兴味的，再没有生活功效了罢。正因为有暗的影，明的光这才更加显著的。"

兰生弟或者正因为能爱琴子而不能去爱，不能爱薰南姊而必须去爱的缘故，才能有勇气表示这四五年浸在恋爱史中的一颗沉潜迂回的心，才能有这本燃烧着生命火焰的日记告白给我们。我更祝贺作者能有这样伟大的艺术天才，能有这样真诚的叙述催眠读者，或许是正因为罗兰生的缺陷成全了他。矫情的再深一层说，我是崇拜悲剧的。我愿大文学家大艺术家的成就，是来源于他生命中有深的缺陷。惨痛苦恼中，描写着过去，又追求着未来的。

在现世界，逢见一个人，踏着一块地，都能给与你一种最激骨沁脾的创痛。我们的命运是箭垛。我们只有沉默的容忍着，屈伏着，而潜藏我们另一种能掉换宇宙毁灭宇宙的力量。我们是希望有一天命运成了手中的泥，愿意塑成什么便是什么的。所以兰生弟不怕悲伤，他说：

"唉！我不会过于悲伤的。我正要寻些悲伤滋味润泽一下这个干枯沉淀不过的心！"

"呀！我如今痛切的感到被人践踏后的怨愤，所以要被人践踏，缘由我不想做恶人，示露了善良性的软弱处……人群生活完全是战争。能够发挥残忍而不感不安的人乃是最适当的生存者。如果中途反悔，那么只好被人落刀下来结果了自己的性命。"

在人群中扰攘着，是找不到安慰和了解的，只要没有那利锐的、恶毒的意外来袭击，已经算很侥幸了。我们只可投到自然母亲的怀里，承受她的催眠和抚慰。滋润休养着这灰尘中千疮百洞的心身。作者似乎屡屡诏示我们。每在一种烦苦欲狂的心情中，展开一幅最幽静、最清雅、能忘了自己、融化在自然里来抚慰我们的景致，如：

"有时暗夜里，一个人披上斗篷，不戴帽子，赤脚踏了高屐，穿过冷落街道，隐进一个山边的森林里去。在沉默无光的枯林里瞥见天空的小星，远处的街灯。一回又发见自己走了出来，站定了脚，在一个有狐狸精出没神情的阴风惨惨的古庙口，尽是向里面的黑影子窥望。不知怎样，自己又走下山道，站在街边一个有灯光的纸窗边，听里面有两个小女孩子卿卿哝哝伴着一个母亲似的妇人谈话。人类最宝贵的母爱流露到这纸窗外了。"

"去罢去罢！进了中央公园，靠东从今雨轩一直往北去转过两个红圈洞走过了古柏下的通路，到了目的地的御沟边来了。在这瞬间才发现濠水已经结冰。呆立了一下，回到长凳上坐下。尽是沉想。好像又被什么东面追着似的轰然站起来，再到花房前的池水边。看见也结了冰，只有铁丝网内冰块间有一个水塘，一群鹅鸭，杂有鸳鸯在那里无心的游叫着。冬天的淡阳光照着池边的萧条景象。在我旁边隔开一张椅子上坐着一个少妇在那里打绒绳。一个学步的小孩绕在身边。我想到不一定那些水鸟才能无心，人也有能无心的。"

一个人到了失败绝望无路可走人力无可为的时候，总幻想出一个神灵的力量来拯救他，抚慰他，同情他，将整个受伤的心灵都捧献给神，泄露给神，求神在这失败绝望中，给他勇气，给他援助，使一个受了创痛的心头，负了罪恶的心头，能有一个皈依忏悔的机会。所以凡受过宗教的洗礼的，他必能用平静的、慈爱的、温和的心情去宽恕别人，去发现自己。作者所描写的兰生弟，便是背着十字架忠心于上帝的门徒。他在池袋隐者那里忏悔皈依神了之后，他归来是：

"走在路上，觉得一草一木都像另有生气似的，在心胸宽松了许多。"

他的敬虔心的出发，也是想用人力以外的力量来解决矛盾防止矛盾的，他是想在没有路的道上，用上帝的意志去开辟道路的。我从前也是轻蔑基督教的一个叛徒，然而在现在我虽未曾正式受洗作上帝的门徒，不过我心里除了母亲外，已有了上帝的位置，我在一种特殊的心境时，总是口口声声默唤着上帝，求佑于上帝的。虽然我自己也明知道那是个虚无的神。

所以我们可以根据了这种精神，看出兰生弟的容忍和宽大。他虽然在薰南姊面前受了创痛，在大伯父面前尚不知结果。然而这都是不值的忧虑的事，他自己的本身已成了艺术化的人生，还有什么不满足呢！

谈到兰生弟的日记形式上的批评。我是很慕敬作者那枝幽远清淡的笔致，处处都如一股幽谷中流出的清泉一样，那样含蓄，那样幽怨，那样凄凉，那样素淡。据全书个性特有的表现，作者许是一位最沉静，最细腻，最孤高，最多情的，在人间收获了许多经验的人。

这册书内容因为是一封信，又在里边插入了许多日记，似乎有时读者感到冗杂和厌倦，有些人读不下去的原因或者是缘乎此。这是属于心灵上体验上能否同作者共鸣的问题。在一个不能沉醉于酒的人，你问他饮过后的余味，他自然是告诉你感到酸涩的。世界上也许有不需要饮酒的人，自然也许有不需要沉醉的人。

一九二六，十月二十六日。

雪 夜

　　北京城落了这样大这样厚的雪，我也没有兴趣和机缘出去鉴赏，我只在绿屋给受伤倒卧的朋友煮药煎茶。寂静的黄昏，窗外飞舞着雪花，一阵紧似一阵，低垂的帐帷中传出的苦痛呻吟，一声惨似一声！我黑暗中坐在火炉畔，望着药壶的蒸汽而沉思。

　　如抽乱丝般的脑海里，令我想到关乎许多雪的事，和关乎许多病友的事，绞思着陷入了一种不堪说的情状。推开门我看着雪，又回来揭起帐门看看病友，我真不知心境为什么这样不安定而彷徨？我该诅咒谁呢？是世界还是人类？我望着美丽的雪花，我赞美这世界，然而回头听见病友的呻吟时，我又诅咒这世界。我们都是负着创痛倒了又扎挣，倒了又扎挣，失败中还希冀胜利的战士。这世界虽冷酷无情，然而我们还奢望用我们的热情去温暖；这世界虽残毒狠辣，而我们总祷告用我们的善良心灵去改换。如今，我们在战线上又受了重创，我们微小的力量，只赚来这无限的忧伤！何时是我们重新扎挣的时候，何时是我们战胜凯旋的时候？我只向熊熊的火炉祷祝他给予我们以力量，使这一剂药能医治我病友霍然使她能驰驱赴敌再扫阴霾。

　　黄昏去了，夜又来临。这时候瑛弟踏雪来看病友，为了人间的烦恼，令他天真烂漫的面靥上，也重重地罩了愁容，这真是不幸的事，不过我相信一个人的生存，只是和苦痛搏战，这同时也在一件极平淡而庸常无奇的事吧！我又何必替众生来忏悔？

给她吃了药后，我才离开绿屋，离开时我曾想到她这一夜辗转哀泣的呻吟，明天朝霞照临时她惨白的面靥一定又瘦削了不少！爱怜，同情，我真不愿再提到了，罪恶和创痛何尝不是基于这些好听的名词，我不敢诅咒人类，然而我又何能轻信人类……所以我在这种情境中，绝不敢以这些好听的名词来施恩于我的病友；我只求赐她以愚钝，因为愚钝的人，或者是幸福的人，然而天又赋她以伶俐聪慧以自戕残。

出了绿屋我徘徊在静白的十字街头了，这粉装玉琢的街市，是多么幽美清冷值得人鉴赏和赞美！这时候我想到荒凉冷静的陶然亭，伟大庄严的天安门，萧疏辽阔的什刹海，富丽娇小的公园，幽雅闲散的北海，就是这热闹多忙的十字街头，也另有一种雪后的幽韵，镇天被灰尘泥土蔽蒙了的北京，我落魄在这里许多年，四周只有层层黑暗的网罗束缚着，重重罪恶的铁闸紧压着，空气里那样干燥，生活里那样枯涩，心境里那样苦闷，更何必再提到金迷沉醉的大厦外，啼饥号寒的呻吟。然而我终于在这般梦中惊醒，睁眼看见了这样幽美神妙的世界，我只为了一层转瞬即消逝的雪幕而感到欣慰，由欣慰中我又发现了许多年未有的惊叹，纵然是只如磷火在黑暗中细微的闪烁，然而我也认识了宇宙尚有这一刹那的改换和遮蔽，我希望，我愿一切的人情世事都有这样刹那的发现，改正我这对世界浮薄的评判。

过顺治门桥梁时，一片白雪，隐约中望见如云如雾两行挂着雪花的枯树枝和平坦洁白的河面。这时已夜深了，路上行人稀少，远远只听见犬吠的声音和悠远清灵的钟声。沙沙地我足下践踏着在电灯下闪闪银光的白雪，直觉到恍非人间世界。城墙上参差的砖缘，披罩着一层一层的白雪，抬头望：又看见城楼上粉饰的雪顶，和挂悬下垂的流苏。底下现出一个深黑的洞，远望见似乎是个不堪设想的一个恐怖之洞门。我立在这寂静的空洞中往返回顾而踟蹰，我真想不到扰攘拥挤的街市上，也有这样沉寂冷静时候。

过了宣武门洞，一片白地上，远远望见万盏灯火，人影蠕动的单牌楼，真美，雪遮掩了一切污浊和丑恶。在这里是十字街头了，朋友们，不少和我一样爱好雪的朋友们，你们在这清白皎洁的雪光下，映出来的影子，践踏下的足踪，是怎么光明和伟大！今夜我投身到这白茫茫的雪镜中，我只照见了自己的渺小和阴暗，身心的四周何尝能如雪的透明纯洁；因为雪才反映出我自己的黑暗和污浊，我认识自己只是一个和罪恶的人类一样的影子，我又那能以轻薄的心理去责备人类，和这本来不清明的世界呢！朋友！我知所忏悔了！

爱恋着雪夜，爱恋着这刹那的雪景，我虽然因夜深不能去陶然亭、什刹海、北海公园，然而我禁不住自己的意志，我的足踪忽然走向天安门，过西安门饭店的门前时，看见停着的几辆汽车，上边都是白雪，四轮深陷在雪里，黑暗的车箱中有蜷伏着的人影，高耸的洋楼在夜的云霄中扑迎着雪花，一盏盏的半暗的电灯下照出门前零乱的足痕，我忽然想起赖婚中的一幕来，这门前有几分像呢！

走向前，走向前，丁丁当当的电车过去了，我只望着它车轮底的火花微笑！我骄傲，我是冒着雪花走向前去的，我未曾借助于什么而达到我的目的，我只是走向前，走向前。

进了西长安街的大森林，我远远看见天边四周都现着浅红，疏疏的枝桠上堆着雪花，风过处纷纷地飞落下来，和我的眼泪滴在这地上一样。过这森林时我抱着沉重的怆痛，我虽然能忆起往日和君宇走过时的足踪在那里，但我又怎敢想到城南一角黄土下已埋葬了两年的君宇，如今连梦都无。

过了三门洞，呵！这伟大庄严的天安门，只有白，只有白，只有白，漫天漫地一片皆白，我一步一步像拜佛的虔诚般走到了白石桥梁下，石狮龙柱之前，我抬头望着红墙碧瓦巍然高耸的天安门，我怪想着往日帝皇的尊严，和这故宫中遗留下的荒凉。一踏上了无人践踏的石桥，立在桥上远望灯光明灭的正阳门，我傲然的立了多时，我觉着心境逐渐的冷静沉默，至于无所兴感这又是我的世界，这如梦似真的艺术化的世界。下了桥我又一直向前去，那新栽的小松上，满缀了如流苏似的雪花，一列一列远望去好像撑着白裙的舞女。前面有一盏光明的灯照着，我向前走了几步，似乎到了中山先生铜像基础旁便折回来。灯光雪光照映在我面上。这时我觉心地很洁白纯真，毫无荫翳遮蔽，因为我已不是在这世界上，我脱了一切人间的衣裳，至少我也是初来到这世界上。

我自己有免受人间一切翳蒙，我才爱白雪，而雪真能洗涤我心灵至于如雪冷洁；我还奢望着，奢望人间一切的事物和主持世界的人类，也能给雪以洗涤的机会，那么，我相信比用血来扑灭反叛的火焰还要有效！

十六年一月十四日雪夜

爆竹声中的除夕

这时候是一个最令人撩乱不安的环境，一切都在欢动中颤摇着。离人的心上是深深地厚厚地罩着一层乡愁，无论如何不想家的人，或者简直无家可想的人，他都要猛然感到悲怆，像惊醒一个梦似的叹息者！

在这雪后晴朗的燕市，自然不少漂泊到此的旅客游子，当爆竹声彻夜的在空中振动时，你们心上能不随着它爆发，随着它陨落吗？这时的心怕要和爆竹一样的爆发出满天的火星。而落下时又是那么狼藉零乱，碎成一片一节的散到地上。

八年了，我在北京城里听爆竹声，环境心情虽年年不同，而这种惊魂碎心的声音是永远一样的。记得第一年我在红楼当新生，仿佛是睡在冰冷的寝室床上流泪度过的；不忍听时我曾用双手按着耳朵，把头缩在被里，心里骗自己说："这是一个平常的夜，静静地睡吧！"第二年在一个同乡家里，三四个小时候的老朋友围着火炉畅谈在太原女师时顽皮的往事。笑话中听见爆竹，便似乎想到家里，跪在神龛前替我祝福的母亲。第三年在红楼的教室中写文章，那时我最好，好的是知道用功的读书，而且学的写白话文，不是先前的一味顽皮嘻笑了。不过这一年里，我认识了人间的忧愁。第四年我也是在红楼，除夕之夜记得是写信，写一封悲凄哀婉的信，还做了四首旧诗。第五年我已出了红楼，住在破庙的东厢，这一年我是多灾多难，多愁多病的过去了。第六年我又到了一个温暖的家庭里寄栖，爱我护我如我自己的家一样；不幸那时宇哥病重，除夕之夜，是心情纷纭，事务繁杂中度过的。第七年我仍是寄居在这个繁花纷披的篱下，然相形之下，我笑靥总掩饰不住啼痕；当一个由远处挣扎飞来的孤燕，栖息在乐园的门里时，她或许是因在银光闪烁的镜里，现出她疮痛遍体的形状更感到凄酸的！况且这一年是命运埋葬我的时候。第八年的除夕，就是今夜了，爆竹声和往年一样的飞起而落下，爆发后的强烈火星，和坠落在地上的纸灰余烬也仿佛是一样；就是我这在人生轮下转动的小生命，也觉还是那一套把戏的重映演。

八年了，我仔细回忆觉我自己是庸凡的度过去了，生命的痕迹和历程也只是些琐碎的儿女事。我想找一两件能超出平凡可以记述的事，简直没有！我悔恨自己是这样不长进，多少愿望都被命运的铁锤粉碎，如今扎挣着的只是这已投身到悲苦中奢望做一个悲剧人物的残骸。假使我还能有十年的生命，我愿这十年中完成我的素志，做一个悲剧的主人，在这灰黯而缺乏生命火焰的人间，放射一道惨白的异彩！

我是家庭社会中的闲散人，我肩上负荷的，除了因神经软弱受不住人世的各种践踏欺凌讪讽嘲笑，而感到悲苦外，只是我自己生命的营养和保护。所以我无所谓年关的，在这啼饥号寒的冬夜，腊尽岁残的除夕，可以骄傲人了；因为我能在昏暗的电灯下，温暖的红炉畔，慢慢地回忆过去，仔细听窗外天空中声调不同的爆竹，从这些声音中，我又幻想着一个一个爆竹爆发和陨落的命运，你想，这是何等闲散的兴致？在这除夕之夜不必到会计室门前等着领欠薪，不必在冰天雪地中挟着东西进当铺，不必向亲戚朋友左右张罗，不必愁明天酒肉饭食的有无，这样我应该很欣慰的送旧迎新。然而爆竹声中的心情，似乎又不是那样简单而闲逸,我不知怎样形容,只感到无名的怅惘和辛酸!为了这一声声间断连续的炮竹声,扰乱了我宁静的心潮,那纤细的波浪,一直由官感到了我的灵魂深处,颤动的心弦不知如何理,如何弹?

我想到母亲。

母亲这时候是咽着泪站在神龛前的,她口中呢喃祷告些什么;是替天涯的女儿在祝福吧?是盼望暑假快临她早日归来吧?只有神知道她心深处的悲哀,只有神龛前的红烛,伴着她在落泪!在这一夜,她一定要比平常要想念我,母亲!我不能安慰你在家的孤寂,你不能安慰我漂泊的苦痛,这一线爱牵系着两地相思,我恨人间为何有别离?而我们的隔离又像银河畔的双星,一年一度重相会,暑假一月的团聚恍如天上七夕。母亲,岁去了,你鬓边银丝一定更多了,你思儿的泪,在这八年中或者也枯干了,母亲,我是知道的,你对于我的爱。我虽远离开你,在团圆家筵上少了我;然而我在异乡团贺的筵上,咽着泪高执着酒杯替别人祝福时,母亲,你是在我的心上。

母亲!想起来为什么我离开你,只为了,我想吃一碗用自己心血苦力挣来的饭。仅仅这点小愿望,才把我由你温暖的怀中劫夺出,做这天涯寄迹的旅客,年年除夕之夜,我第一怀念的便是你,我只能由重压的,崎岖的扎挣中,在远方祝福你!

想到母亲,我又想到银须飘拂七十岁的老父,他不仅是我慈爱的父亲,并且是我生平最感戴的知己;我奔波尘海十数年,知道我,认识我,原谅我,了解我的除了父亲外再无一人。他老了,我和璜哥各奔前程,都不能常在他膝前承欢;中原多事,南北征战,反令他脑海中挂念着两头的儿女,惊魂难定!我除了努力做一个父亲所希望所喜欢的女儿外,我真不知怎样安慰他报答他,人生并不仅为了衣食生存。然而,不幸多少幸福快乐都为了衣食生存而捐弃;岂仅是我,这爆竹声中伤离怀故的自然更有人在。

我想倦了娘子关里的双亲时，又想到漂流在海上的晶清，这夜里她驻足在那里？只有天知道。她是在海上，是在海底，是在天之涯，是在地之角，也只有天知道。她这次南下的命运是凄悲，是欢欣，是顺利，是艰险，也只有天知道。我只在这爆竹声中，静静地求上帝赐给她力量，令她一直扎挣着，扎挣着到一个不能扎挣的时候。还说什么呢！一切都在毁灭捐弃之中，人世既然是这样变的好玩，也只好睁着眼挺着腰一直向前去，到底看看最后的究竟是什么。一切的箭镞都承受，一切的苦恼都咽下，倒了，起来！倒了，起来！一直到血冷体僵不能扎挣为止。

走向前便向前走吧！前边不一定有桃红色的希望；然而人生只是走向前，虽崎岖荆棘明知险途，也只好走向前。渺茫的前途，归宿何处？这岂是我们所知道，也只好付之命运去主持。人生惟其善变，才有这离合悲欢，因之"生"才有意义，有兴趣；我祷告晶清在海上，落日红霞，冷月夜深时，进步觉悟了幻梦无凭，而另画一条战斗的阵线，奋发她厮杀的勇气！

我盼望她在今夜，把过去一切的梦都埋葬了，或者在爆竹声中毁灭焚碎不再遗存；从此用她的聪明才能，发挥到她愿意做的事业上，那能说她不是我们的英雄?! 悲愁乞怜，呻吟求情，岂是我们知识阶级的女子所应为？我们只有焚毁着自己的身体，当后来者光明的火炬！如有一星火花能照耀一块天地时，我们也应努力去工作去寻觅！

黄昏时，我曾打开晶清留给我的小书箱，那一只箱子上剥蚀破碎的痕迹，和她心一样。我检点时忽然一阵心酸，禁不住的热泪滴在她的旧书上。我呆立在火炉畔，望着灰烬想到绿屋中那夜检收书箱时的她，其惨淡伤心，怕比我对着这寂寞的书籍落泪还要深刻吧！一直搁在我房里四五天了，我都不愿打开它，有时看见总觉刺心，拿到别的房里去我又不忍离它。晶清如果知道它们这样令我难处置时，她一定不愿给我了。

我看见时总想：这只破箱，剥蚀腐毁的和她心一样。

在一个梦的惊醒后，我和她分手了；今夜，这爆竹声中，她在那里呢？命运真残酷，连我们牵携的弱腕，他都要强行分散，我只盼望我们的手在梦中还是牵携着。

夜已深了，爆竹声还不止。不宁静的心境，和爆竹一样飞起又落下，爆裂成一片一节僵卧在地上。

十五年除夕之夜

寄到鹦鹉洲

　　娜君：还记得绿屋吗？深秋天气溢扬着菊香的绿屋，人生穷途充满了悲愁的绿屋。如今想起来真是画景诗情的环境，但当时我们是认为黯淡的地狱般过去了。这时候又是一样的秋深冬初，我独坐在炉畔沉思着，偶然在书架上抽一本书，揭开来里面总有几片鲜红的叶子，叶上还是题着你喜欢的许多诗句。这是你临走前乘我不知偷偷夹在我书内的。现在无论我怎样漠然，看到时总不免心弦紧张起来，常黯然的抬起头望着辛哥的遗像，似乎告诉他我心中的抑压呢！此时凄绝孤灯畔的心情，怕只有案头的辛哥知道。

　　自从你鼓勇气逃出了古城后，你虽毅然摆脱开往日一切的桎梏束缚，去做一个轰轰烈烈的英雄。但我这里日夜在祷祝你：愿你另创造一个有声有色的环境，来安置你聪敏伶俐的灵魂，除此外我不想到我自己，也不愿谈到我自己。我愿沉默，沉默中我独自咀嚼这梦幻的人生，咽泪微笑也只愿自己知道。日子是这样快，我们别离已将一年了，我这沉默因循的颓废生活，也这样过去了，想来真令人惊叹呢！

　　你这一年中枪林弹雨，出生入死，有时做筵上贵客，有时当阶下囚徒，有时是骋驰战场的英雄，有时是运筹帷幄的谋士，从黄浦江上流浪到百花洲，从石头城漂泊到黄鹤楼，真是一叶扁舟航行于大江南北，我羡慕你这流浪的，是最有兴趣最有收获的人生。想来腹稿已有数十万言了，将来栖息山林时，披卷濡毫，写下这一生的阅历，也就是这个时代中的文学。你自己当然知道所努力了，你临行不是说为了搜寻好的材料写文章，才投身到这幻变危险的旋涡中辗转升沉吗？

提起笔来话太多了，真不知如何写下去。我是正在一种极愁苦的心情中扎挣着。你自然知道我的故乡如今正在枪炮火星中迷漫着，双亲念着我只身漂零的女儿，我也焦虑着暮年受惊的双亲。我不敢诅咒一切怨恨一切，在两方厮杀兴浓时，我们这无枪无力的小民，一切安宁灾难也只应付之上帝的命运安排。不过驰驱于灰尘车轨中时，我常颦眉哀愁，觉这孤凄的旅程万分哀绝，我已倦了，想回到母亲怀里去呢！十分无奈时，独自到辛哥墓头伫立东望，哭也哭不出，只觉遍体寒颤，心情惨淡，回顾前尘已成梦寐，就是这未知的将来，也一样是更增愁怀。

娜君：这冷森阴惨的人生，我常觉战栗恐怖呢！到这时候我常常想到你，想到贤哥、菊姊和云弟，但是你们都离开我这样远了。我现在愿意你们都不要理我，使我忘记一切的往事，像一个醺醉或睡梦的人，每次收到你们信时，总觉心头的创口异常疼痛，前几天云弟由上海来信，他仍迷恋着古城的雪景，北海的冰场，他说：

半夜里醒来，
听沙沙窗外；
落叶秋风吹，
忆柳絮纷飞。

说什么秋悲，

道甚春欲喜：

一年年过去，

似落叶飞絮。

　　他虽然还依稀流露着往日的天真，不过经历岁月的剥蚀，他已不能如昔日那样烂漫幸福了。我想到死去的辛哥，离开的诸友，我心常黯然凄绝。娜君：三四年来我仿佛如秋林落叶，如今死寂的寒灰，愿狂风也一齐吹散她罢！

　　我独自徘徊于古城，自然也有许多貌合神离的人们，和我扮演着滑稽的喜剧。有时我是在狂笑，常偷偷咽着泪，有时温暖的环境中，会感到冰冷的寒风由人们的面上吹来。有时啮着牙齿屏声静气，接受讥讽的利剑袭刺。同时我完全是个懦弱者，不愿有丝毫的反抗和不满，常用着微笑的面靥，和蔼的态度接受一切的赐与。因之按着创痛奔走忙碌，我不肯有些许闲暇，因为闲暇便要沉思，沉想起来我恐怕连这自己骗着混日子的勇气也继续不下去。

　　这是一件你喜欢的事。就是去年秋深，我们在写红叶作秋的礼赠时，偶然高兴培植了的那一株蔷薇，已经荣发到周年了——这自然要感谢替我们护持灌溉的几位朋友。她虽然在冷寒枯荒的古城扎挣着她特有的丰姿，不过凄风暴雨，也算历经的不少，我希望她以后貌如蔷薇，质似松柏呢！世间有许多事情未想到已做到了，有许多想到了偏做不到，遗憾怕是永远在人们追逐的心里低叹了，还说什么！

　　近来性情变得异常冷漠，觉任何事都可以令我伤感，令我畏惧。为了避免这凄酸的来头，所以我不愿提笔，五六月来只不过写了四五篇东西，还是那样浅薄无内容。我想像我这样不知努力的人，真该死去，这时代似乎不需要不适宜这种人的生存罢！

　　暑假时我曾想摆脱一切，另辟生路，无奈环境使我不能任兴奔放，作云中天马，依然蜷伏在旧槽中，走旧的足印，喘息着这微小的生命于此艰苦的生之轮中。这样既不能建设又不能毁灭的我，想到时总觉自己太可怜了，世界上最耻辱的大概就是一个被可怜的人；因此我心中常觉耿耿不快。

　　滇放信已替你写了，你安然去登你的新旅程罢！我默祝你的幸福！

十六年十二月一号北京

书信卷

一九二三年四月十六日致评梅信

评梅先生：

　　十五号的信接着了，送上的小册子也接了吗？

　　来书嘱以后行踪随告，俾相研究，当如命；惟先生谦以"自弃"自居，视我能责如救济，恐我没有这大力量罢？我们常通信就是了！

　　"说不出的悲哀"，这恐是很普遍的重压在烦闷之青年的口（笔）下一句话罢！我曾告你我是没有过烦闷的，也常拿这话来告一切朋友，然而实际何尝是这样？只是我想着：世界而使人有悲哀，这世界是要换过了；所以我就决心来担我应负改造世界的责任了。这诚然是很大而烦难的工作，然而不这样，悲哀是何时终了的呢？我决心走我的路了，所以，对于过去的悲哀，只当着是他人的历史，没有什么迫切的感受了，有时忆起些烦闷的经过，随即努力将他们勉强忘去了。我很信换一个制度，青年们在现社会享受的悲哀是会免去的——虽然不能完全，所以我要我的意念和努力完全贯注在我要做的"改造"上去了。我不知你为何而起了悲哀，我们的交情还不至允许我来追问你这样，但我可断定你是现在世界桎梏下的呻吟呵！谁是要我们青年走他们烦闷之路的？——虚伪的社会罢！虚伪成了使我们悲哀的原因了，我们挨受的是他结下的苦果！我们忍着让着这样唉声叹气了去一生吗？还是积极的起来，粉碎这些桎梏呢？都是悲哀者，因悲哀而失望，便走了消极不抗拒的路了；被悲哀而激起，来担当破灭悲哀原因的事业，就成了奋斗的人了。——千里程途，就分判在这一点！评梅，你还是受制□□运命之神吗？还是诉诸你自己的"力"呢？

愿你自信：你是很有力的，一切的不满意将由你自己的力量破碎了！过渡的我们，很容易彷徨了，像失业者踯躅在道旁的无所归依了。但我们只是往前抢着走罢，我们抢上前去迎未来的文化罢！

好了，祝你抢前去迎未来的文化罢！

君宇　静庐
一六，四，一九二三。

一九二三年九月二十七日致评梅信

评梅：

昨天的信我接读了。

我之所以提及副刊引文，并它招来的追问，原不过当一件消息报告，并不含丝毫怨怒你的意思，你为何跟从了俗尚的解释，要说那抱歉性质的话呢？我有好些事未尝亲口告人，但这些常有人代我公布了，我从来因这些生了不快；我所以微不释念的，只是他们故甚其辞，使真象与传言不免起了分别，就如我们的交情，说是不认识，固然不是事实，然若说成很熟识的朋友，则亦未免是勉强之言；若有人因知我们书信频繁，便当我们是有深了解的朋友，这种被揣度必然是女士不愿意的，那岂不是很不妥当的事，我不释念的就在此点。如你果是"一点也不染这些尘埃"，那我自然释念，我自己是不怕什么的。至于他们的追问，我都是笑的回答了的；原亦不过些演绎的揣度，我已将实情告诉，只说我们不过泛泛的朋友仅通信罢了。这样答法是否适当？至于他们问了些什么，很琐碎的，无须乎告你了。

我当时的感兴，或者是暂时的，原亦无告你的必要，不过我觉青年应是爽直的，忠实的话出之口头，要比粉饰的意思装在心里强得多。你坚壁深堑的声明，这是很需要的，——尤其是在一个女性的本身；然而从此看出你太回避了一个心，误认它的声音是请求的，是希冀一种回应的了！如因这样一句话而使你起了慌恐的不安，那倒是一罪过，希望你告我，我当依你的意思，避开了一切。至于你问什么是新奇的感想，因你同时又说勿再讲及，这样，我亦觉得这过去刹那的火花，是否还留热种在否人间实一大疑问，亦求不提好了。

二十一号的信，我答应你详复的，现在已过数日，我想不需要了，可否许我不复它了？

祝你安健！

尚德

九月二十七日

这信请阅毕付火。

一九二三年十月三日致评梅信

评梅：

我最近的信，你接了么？

想来如焚的怅惘，我觉得你确对我生了意见了。假使是实在的，恐是可发笑的一事，因为我们都承认，我们仅不过是通信的朋友罢了！泛泛的交谊上，本是不值得令我们的心为了什么动气的，也是根本不能动气的。然而我感觉得生命应是平坦幸福而前进的，无论在那一方面，要求到最大的效能与最小的阻力；所以我觉不论我们是如何程度的了解，一些不安的芥蒂都应当努力扫除，不使任何一个幸福披了轻视，不使任何一个心的部分感了不安。我现诚恳的请你指明，容我扫除了已经存在的不安。

又，我觉我当附尾提说一句，我所以要扫除"不安"，是解释的，不是要求什么。你鉴谅么？祝好！

君宇

十月三日

一九二×年×月十二日致评梅信

评梅先生：

今晚赴一会，经过了四小时很起劲的长辩之后，大家终于无决议的散了；归来一路不禁暗笑，觉众生理智大类聚蛆。及读君信，才使我心境得着了一些平静。

这平静是带着一种失散的茫然的回忆的，同时似乎比我鄙视的那种聚蛆的理智更可讪笑。

这是终究不当隐讳的，世上确有一个心祭献在宝座之前，但经神再三表示这种祭献是一种失敬之后，人间的虔诚早已收葬在冰雪之窟了。彼从来不知失悔为何物之心，为招致在对方心中之不安而失悔了；而且决定努力消除此种不安了。前信绿波之及，全然是如此驱使，君书谓"因人之误会而误会"，我今日尚误会何为者？——愿君勿犹以为真有"使我恐怖者在"。请放心，我早不误会了！

我觉从前之平凡的情境，似较现在之隔膜为有生气的，我也觉人心的隔膜是应当打破的。但当了人世安于隔膜的时候，又何一定要回复那种平凡而有生气的情境？诅咒一切付于了解的努力好了！

我来与否原不必问君之"挡驾"与否，惟扰君清静则大可畏。关于诗的答信，尚须迟之异日。惟愿君清静，惟愿我过失一切话未在君心发生影响。

我近来性情也大变，易怒，喜独步；孤寂之言，不免开罪大雅，笑之可矣。

君宇

十二日早二时

一九二三年十二月十四日致评梅信

可敬爱的朋友！

你的承受落空了！

你承受的是什么？是讪笑么？——是的，我讪笑了，而且很鄙视的讪笑了；但这是对于先生信的么，更是对于先生本身么？

这是很容易辨别的，我讪笑的只是我当时的心境，只是读了先生信后所得着的平静。我当时似风波统治了的心海，被来信转换成几千死寂的沉静，这种不舞的清境太落伍了，还仅止是可讪笑么？——仅止是个讪笑，已经是太自鉴谅了。

天外飞来的慌恐，想不到这种自责竟被先生误会了！——不但视我对来信不尊重，且对先生本身不尊重了。

再让我诚恳的说，可敬爱的朋友，你误会我的句意了。

但我们不必坚持一定要将此点判明罢！误会原与我们没有害处，像我们无须要了解的人们，误会了实在不成干系，而且就在这样误会之下，先生犹深谅我，"仍二十四分尊重你高尚人格"，我只该无语的感谢好了！

我的心不但人"不知"，我自己也不全了解；人不解海涛为何忽起忽灭，我更不解自然何故要这样多事。或者我们可以想：只是因那里有个心罢，只是因那里有个海罢！

或者因为海太深而宽了，故当了陆上风起的时候，巨波乃如山之起伏。朋友，海涛之起伏是神秘而不（可）了解的么？——了解那里有一个海是了。

因为有心，而且这心中有罗曼舞蹈着，所以这心就不可了解了吗？

因为有海，而且这海中有巨涛起伏着，所以这海就不可测了吗？

可敬爱的朋友！

我主观的要求不是——

请你不误会我，而且了解我吗？

然而，这又是于己为罗曼，对人太失礼了。假使世上又出现了这样突峰，不是更可讪笑了吗？

朋友，假使我过去的话有使你不快的，或曾生了什么影响的，你只努力将它们忘了吧！——我绝不有什么痛苦。

忘了好了，评梅，评梅！

君宇

十二月十四日午后，一接来（信）后之一小时内。

一九二三年十二月十八日致评梅信

纪念会忙了两天,把我疲极了。这种结束似于我极有补益,因为身被忙碌占去,神思再不得去专注一些绞思,陷入空洞无可依托的烦闷。已是好的一个经验,我们或者可以进一步说:烦闷的避免,就在人们不停的工作中呀!

原谅我未早通知你,我已移居四日了,移居后还未到过静庐一次,不知你有信寄到那边否?我新居是腊库十六号,此虽不是二年前之故窝,但梅园时代之生活又不禁追忆起来,我们那时平凡又疏淡的通信,实具了一种天真而忠实的可爱。我很痛心,此种情境现被了隔膜了!

我们还可以回复到那种时代么?我愿!

十二月十八日

一九二三年十月十五日致评梅信

评梅：

由仲一信中函来之书，我接读数日了。当了你正是忙的时候，我频频以书信搅扰，且提出一些极不相干的问题要你回答，想来应当是歉疚至于无地的。

你所以至今不答我问，理由是在"忙"以外的，我自信很可这样断定。我们可不避讳的说，我是很了解我自己，也相当的了解你，我们中间是有一种愿望（旁注：什么话？你或者是这样——）。它的开始，是很平庸而不惹注意的，是起自很小的一个关纽，但它象怪魔的一般徘徊着已有三年了。这或者已是离开你记忆之领域的一事，就是同乡会后吧，□□（你给）我的一信，那信具着的仅不过是通常口口（的询）问，但我感觉到的却是从来不曾发现的安怡。自是之后，我极不由己的便发生了一种要了解你的心。然而我却是常常担悬着，我是父亲系于铁锁下的，我是被诅咒为"女性之诱惑"的，要了解你或者就是一大不忠实。三年直到最近，我终于是这样提悬着！故于你几次悲观的信，只好压下了同情的安慰，徒索然无味的为理智的解劝；这种镇压在我心上是极勉强的，但我总觉不如此便是个罪恶。我所以仅通信而不来看你，也是畏惧这种愿望之显露。然而竟有极不检点的一次，这次竟将真心之幕的一角揭起了！在我们平凡的交情，那次

155

信表现的仅可解释为一时心的罗曼，我亦随即言明已经消失，谁知那是久已在一个灵魂中孕育的产儿呢？我何以有这样弥久的愿望，像我们这样互知的浅鲜，连我自己亦百思不得其解。若说为了曾得过安慰，则那又是何等自私自利的动念？

理智是替我解释不了这样的缘故，但要了解的需求却相反的行事，像要剥夺了我一切自由般强横的压迫我。在这种烦闷而又躲闪的心情之下，我有时自不免神志纷纭，写（给）你的信有些古怪的地方；这又是不免使你厌烦或畏惧的。你所以不答那些，能不是为了这样吗？

但是，朋友！请放心，勿为了这些存心！不享受的供品，是世人不献之于神的；了解更是双方的，是一件了解则绝对，否则便整个无的事。相信我，我是可移一切心与力专注于我所企望之事业的，假使世界断定现下的心是可无回应的。

我所以如是赤裸的大胆的写此信，同时也在为了一种被现在观念鄙视的辩护，愿你不生一些惊讶，不当它是故示一种希求，只当它是历史的一个真心之自承。不论它含蓄的是何种性质，我们要求宇宙承认它之存在与公表是应当的，是不当讪笑的，虽然它同时对于一个特别的心甚至于可鄙弃的程度。

祝你好罢，评梅！

君宇　十月十五日。

勿烦琐的讲这些了，谈一件正事罢。想他们已通知你，《平民》已定廿号复活了。第一期请你做稿，你可有工夫吗？

又及。

一九二三年十月十七日致评梅信

评梅：

寄《平民》的稿收到了，敬谢！

你的原稿，排列上似乎偏单，我大胆把它重新排列了；现录上请你一看。请你择定示知，登原稿呢，还是登第二稿呢？如用第二稿，还须你修改，因为我觉收句太重了，音节更勉强。

祝好！

尚德敬白　十七日

请原谅我不客气

烟雾迷漫，

波涛汹涌，

青年的舵工呵！

小心操着你的船儿，

驶向人类希望之岸。

一九二三年十二月二十三日致评梅信

评梅：

蒙你竭诚劝说，我当深深地为伊感谢。惟爱情胡可勉强者？——无爱情而勉强结合，是轻爱情而重伦道，且必增益伊之痛苦；我心今日固空洞无依，然觉此痛苦犹小于与一不爱之人相处；若设身处地，伊又何能不感如此？君亦何不为我设想者？

若谓此为残忍不人道，诚为人间一种极可抱憾之事。惟此当罪制度，问彼何为要干预人间结合；若责我，则我亦啮残下之牺牲者，又当向何处诉说？自然我也极对不起伊，惟其感觉如此，故常思解伊出我们之束缚，数月来更决念："若我心得回应者，伊我桎梏必须破除"。在我则觉如是方对得起伊，在君不将以之为更不人道耶？

吾们处此过渡时代，那能不有痛苦？不使痛苦增加扩大，我们的能力恐怕就够做了；哪能使痛苦免除净尽呢！在今日"说不觉悟却又似明了，说觉悟却又不彻底"的思想进程之下，究还有几多人能安心于纯制度的生活，而不感觉性的关系之外还有爱情之需要？究能有几多人能放弃制度地位于不顾，而只以得到爱情生活为满足？评梅，陷入此两种痛苦者多矣，吾人虽欲救之，又胡能救之？

若君之劝说，在恐我将来又不免纠缠，故急切为自己摆脱，此则大可不必。我心中如何是一事，我要求与否又是一事，我前已讲的很明白，请放心好了！

我当为己计者少，为君计者多，近旧精神虽不振如极倦，知君已恢复平静无恐怖之情景，则不禁雀跃喜欣为君祝贺。

人生悲欢，梦里云烟耳，心衣血痕何妨洗却？吾心已为 Ve-nus 之利箭穿贯了，然我决不伏泣于此利箭，将努力去开辟一新生命。惟我两人所希望之新生命是否相同？我愿君告我君信所指之"新生命"之计划，许否？

我现在心中无烦念，更无痛苦，望勿以为念；但愿你无痛苦！

我们隔膜完全去了，世界平静了；人间公正之心应当笑了。

温家夫妇南行，我亦或去送行。

K. J.

十二月二十三日夜

写完信忽忆起一事，在我历史上乃有三个"梅"字，不妨写来博君一笑，即：梅——梅园——评梅

一九二三年×月×日致评梅信

……

我泣而却礼衣，父怒极而昏，我此时忽甚怜谅瘦父，念我胡不可牺牲，此念一萌，此后一切事殆都在梦境，任听他们摆布矣。婚后我大病，病渐痊，母谓我曰："儿何为不满意者？汝妇姝美好也。"我至是始端视吾妇，觉母言甚确，越日伊侍我病，乘间谓我无心与伊，伊故作不解；再言之，始曰："然则我将累君一生矣！"我曰："一生耶？——汝更苦耳！"伊至是泣曰："我命定耳，尤谁？"我彼时忽觉其人何以懦弱至于如是，乃不免顿生鄙视意，至此我两人间之了解乃完全隔绝矣。病痊，我托词移地静养，家人亦知我家居心情甚恶，许我外出，又谁知我从此一去不复归耶！我到省数函求父亲释放此可怜之女子，父答则谓我法适杀伊耳。我此后数次甚病，常觉如有桎梏附身，十九岁一年病喀血几死，决念我虽不认伊为余妻，然此生此心不与人矣。余抱此信心者数年，中经"五四"罗曼花盛开之时代，女友至好多人，且经二次结同心之邀，而徒以宿志在心，虽感激饮恨至于无地，亦皆不得不勉强示以铁面；不意此铁志至今日竟如粉之碎于君前也！

吾人虽通信三年，事极平淡，相晤谈者仅止一面，而乃令我生如是热求，诚非天地间之奇事耶？在我发觉有是要求之初，每作烦想，觉种种烦恼常萦脑际，常自问伊亦如我心否？果伊亦如我心者，我将何以待伊？同时又念：我不将父母的桎梏除下，将宫庭打扫干净，又将何以迎伊？每每焦念，辄至心臆如焚。有时想得不可开交，又悔我不当有示君以心之信。有时感情制胜，却又觉甘心之祭献为何要埋葬不呈予座前？如此极端焦念，两相战斗：理智胜，则觉以我之身求君之相爱，实为一种莫大之罪戾；情感胜，则任罗曼之驰骋于花原草间，直至视到踏践自然而始悟。故有如君所谓"或远或近，若即若离"也。吁嗟夫，此岂得已耶？苟无如是束缚，我将只有两途，爱与死耳。

君信谓"从未一改昔日态度"，又谓"愿我自珍自爱的朋友，也绝不肯出此下策溺我于不义"，我虽罗曼至于何等天地，亦绝不至过不懂事理，使君不安，使君对于君所痛惜之历史有所辜负。望君相信，我遵从君之指示，不再以君所不愿者相强矣！

至于我心如何，我将作何处置，君可置之勿问。"将心寄托于其他"……（"他"字下缺）

一九二四年一月×日致评梅信

评梅：

祭灶之夜二时的信，我接着了。你读了我的信，于积悃舒展之中，忽不免"惨然泣……"，使我非常难过！事至于今，你当永远相信；我心灵虽不能自禁为君而焚烧，且将是永远赤炽的焚烧，但我总决不再为君所不愿之要求了；为了使你得着安慰，为了不妨害你对过去之忠实，……（下缺）

高君宇给岳父李存祥的信

（一九二四年六月二十四日）

岳父老先生：

　　我此次决定离婚，业已向令爱言明，想令爱于见时必将此事陈明矣。我之所以有如是决定，自信为我自己设想者少，为令爱设想者实多；盖我自与令爱结婚至今，始终觉吾二人不能相合，且我久为在外奔驰之人，如是情境，实不啻堕我两人人愁城苦雨之中。然我乃四方远游之人，若果以异乡为家，随在何不可得新妇以为终身之侣？所苦者惟清窗独守之令爱耳！若使常类吾家傭役，厮养以终（其）天年，令爱亦人耳，于人道之谓何？我惟为令爱终身计，为人道计，故毅然决定与令爱离婚，今且特正式向长者提出也。我辜负令爱十年，几误尽其青春岁月，我不（愿）更蹉跎下去，致使异日更增加今日之追悔，故愿亟觅解决之道，且以为最适当莫过于离婚再嫁；长者岂亦以令爱与我之情境为满足，而一未计及令爱将来之了局乎？此事自不免为乡俗所非议，然使令爱坑葬一生佳乎，抑另井一新生命之为愈耶？愿长者为令爱澡较其利害得失也！此番归家，本拟登府请安，惟迫于时间短促，未能如愿，今且以事成行矣，未及向长者亲将此事言明，思之良用歉然！惟可藉寸楮以告长者，即我已坚绝决定与令爱离

163

婚，迟疑无须，愿长者察之也。

敬祝康健！

高尚德上，

十三年六月二十四日。

致李惠年信之一

（一九二四年十二月二十日）

惠：

昨日我舅父由故乡来，敝友在德院咯血未止。神志惶乱嚣烦中，常忆及汝病；我脑欲碎，不能作何语慰汝，惟祈在此数日中静养，再见我时活跃如平日，即我心安矣！

昨今两日，神经受刺激太甚，我只祈我如活尸耳；惠：汝幸勿念我！

Bovia

1924 年 12 月 20 日夜 12 时

致李惠年信之二

（一九二五年一月二十八日）

惠：

接到你的信忽然流下泪来！

愿你不要怕，医生是慈悲的，他可以治我的痛苦，赠我们的幸福，何尝是残酷呢？愿你体贴母亲的心而快乐！

这几天我在家写了许多文章，我正在编着一个悲剧的剧本，第一幕已经完了。我写了两篇论文，还写了几首诗。高兴极了！病榻上能写字时，你割好情形告了我知道。

Bovia

初四夜

致李惠年信之三

（约为一九二五年四月九日）

这封信找到了，一并寄你。

惠年：

好吗？我自寒食那天一直到今天，天天都去陶然亭一趟，如今完了，宇墓上的事我都办好了，只有刊印他的遗书了，现在我正在抄录呢！

许久我们未见了，计算还不到十天哩。下星期一附中或可上课。你一定很忙吧！再次见我时我把小严的像给你看。

梅姊

不要累坏了你千金体！

四月九号

致李惠年信之四

（一九二五年七月二日）

惠：

　　我在这翠玉般的山峰里写信给你的时候，我心里感到种幽美的颤动，我一切都沉醉了，沉醉在这大自然的怀抱中。

　　昨天下午五时到卧佛寺，我们住在龙王堂，在绿荫丛丛的苍松古柏中，我曾住宿了一夜了。下午七时吃完饭，弟弟们来看我，我拿给他们糖吃，他们高兴的抢着吃。八时后，我们一大堆人上山去看月亮，我们经过小桥，跨过岩石，听松涛，听水声，我一点都不知我自己去那里去了。

　　弟弟同我坐在草地看月亮，月亮见我们人多她躺起来了。但是我们在水边依然望着她。夜深归去，当我睡醒时看着，月儿正吻着我的脸呢！

　　今天我早起刚起来，弟弟就赶了驴子来接我到他家里，他给我预备好些食品，我们谈着吃着。十时——十二时曾去游玉皇顶，游完我忽然想到北京困于红尘的你，因之，写这信给你。归期很快，我回去后，大概很忙了。

评梅

7. 2. 1925.

致李惠年信之五

（约一九二五年秋）

❦

惠妹：

我已安卧在母亲的怀里了。在母亲莫名其妙的时候，我曾痛哭了一场，从此后我很高兴！我觉着为了母亲我值得在这人间逗留着。

兄嫂相继得病，故心很杂乱。父亲知我心中不痛快，几次约我游山，过几天或可实现罢！有暇我一个人躲在楼上写文章，和去年一样，只缺少了一位隔一天有一封挂号信的宇。父亲告诉我他还瞒着宇父，但是太原开追悼会时，父亲去了还滴了几点老泪！他这种悲感，一半为了我，一半为了他。母亲还不知道，至如今也不知道。到太原一下车，宇的妹妹就来看我，我很凄然地和她说了几句话，送了她一张宇坟和我的像。连日梦见宇，他怪我不写信给他。你信收到，你生活有秩序殊慰，更愿你保重身体。

梅

十三之夜

致李惠年信之六

（一九二五年八月十五日）

惠妹：

从此畅谈更卜何日？

连日繁忙欲死，一踏入北京如热锅蚂蚁，可笑亦可怜，米斯王姐姐由南洋归来，卧病东城。我连日去看，路经东交民巷，一路惊心触目，幸死寂如青灯古佛，尚可用慧帚一扫魔氛，但何尝不是自骗自呢！我笑既不能，而哭亦无泪矣。

十三号下午看宇莹，莹前积水二尺余，幸高原未淹，不然我将何以对他，坚持葬此者纯我一人之意。自知京水大我心不安，日夕难寐，幸苍天厚我，感谢玄如呢！

你家居自易寂寞，开学后新校新境当有无穷快乐，愿你待之勿急。惠妹，我境如何我不忍告你，从此学校一般如荒莹，但遗迹旧梦亦堪作我静坐默想的资料。我终应感激你赐我之惠。

小鹿来无期，不幸将成永诀，言之伤心，思之抆泪；梅命亦何蹇耶？惠妹，我现在虽不言我痛苦，但我之心汝亦当知之，夫复何言哉。

祝你晚安！

梅

八月十五号

170

致李惠年信之七

（一九二六年二月二十五日）

惠妹：

谢谢你挂念着我心跳！好了，即（使）不好，又有什么要紧呢！惠！你放心好了。至于我心头的悲戚，这岂是医药能奏效的吗？在沙漠上的枯鱼，任你浸在圣水里也不能复活。

三月五号（正月二十一日）是我埋心周年纪念日，我已和小鹿商议好在那天请许多我和辛的好友，去陶然亭玩。预备大瓶酒大块肉去野餐，愿祭扫的人们都在这苦酒中醺醉。因为能了解悲哀的人，才是真了解人生。在这个悲惨默默的荒郊外，参观这个最后一幕的舞台，虽然是别人的故事，然而又何尝不是自己。

我极愿节制悲痛，能悄悄地淡淡地掩映在那个荒漠的坟地里；留着眼泪在枕畔流去！

这是不容易的机会，姐姐也在，小鹿和小钟、小徐都在，明年这时候，死别的固然不盼着，然而生离是一定的。找这个聚会又难了，况且假使莫有我，谁还能记起荒郊外，新碑如玉、孤坟如斗的朋友？因之，小鹿说，那天照一张永远可纪念的像。

我自己自然盼着年年现在如昔日！！

你——我不敢、不愿让你参加这个悲宴，不过我不能、不敢不告诉你，自然你可以相信，我是很爱你的。为了这个动念，我应该告诉你，而且万一之中还希望着你能看看我埋心的地方，并尝尝这杯苦酒的滋味!

你对我，应该来。我不为自己，为你想，我愿你不来! 而且你也不能来；所以最后你还是不要来。

我的像今天已去照了，照了来如好时，我准送你。你的去洗了吗? 我心又跳了，这笔不往下写了。

梅姊

二月二十五号

夜深时候

致李惠年信之八

（约一九二六年春）

❧

惠妹：

那天匆匆，话多极了，不知说什么好！但又何尝有可以说的话呢！你推门一看我那种神情，也可以知道近来我的悲哀和伤心！然而你只看出了我的恬淡冷静！我为什么要变成这样呢！是环境逼我使然。

那天归来我异常伤心！我为了我这死的生活流泪！假如你想到我目下的生活枯寂时，你当也能知道我失掉慰藉的痛苦！惠，你走了！你有幸福的家，我远离开母亲，死亡好友，离散知己的漂泊弃儿有谁见怜呢！弟弟给我照了两张像，表情还好！这是我生命的象征；倚碑那个，是我目下的也是永久的归宿；那张孤立湖畔、顾影自伤的，便是我此后天长地久的生活了！

乃贤说我和宇的事是一首极美的诗，而这首极美的诗我是由理想实现了！我很喜欢！谁有我这样伟大，能做这样比但丁《神曲》还要凄艳的诗！我是很自豪呢！虽然这样牺牲又谁能办到呢？办不到故不能成其伟大，何能成这样美的诗哩！

小鹿来了！我似乎要高兴点！她第一句话就问"惠"！可见她的心了，而惠之印人人心深也可知了！

这两张像你珍藏着，不能珍藏时，不妨烧了；不要留落到别人手里。我祝你好！

梅姊

致李惠年信之九

（一九二六年三月二十二日）

❦

……

有一个时间我想去做革命，我想盗一个烈士的名，一方面可以了了这残生，一方面又可使死得其所。那知，我罪孽深重，不但不能如愿，尚留下多少惨状给我看。

昨天九时便去女师大写挽联，看小鹿，哭朋友，一直三时才回来，还给她们做文章。这几天把我累得都瘦了，平均一天吃一顿饭。我愿有天也有累死的一天罢！

为什么这几天不敢来附中？

再问你一声，你对谁倾倒了，满心的悃忱对人，而又淡淡对你呢？是谁这样不懂好歹，告诉我，梅姊给你报仇？

梅

三月廿二号

致李惠年信之十

❦

惠：

　　星期六去学校时洋车撞了电车，我昏过去又伤了右臂，住了二天医院，现在已好了。

　　你信来到，我忍不住写这信告你，你看我字，知我的手不能写字了，再谈吧！

梅姊

十六年四月二十六

小鹿去了。让我致意你。

致李惠年信之十一

（一九二八年四月四日）

惠：

　　你走了我忽然想到：这几天哪天下午你能和我去北海玩玩呢？春是装扮的北海美极了。如是有暇，请你定个日子告我一声。放假日我在家里等你，不放假日我在附中等你。

评梅

四月四日

除了清明那天我都成。

致李惠年信之十二

（约一九二八年七月二日）

惠年：

我已平安抵家了，因为回家后水土不服，卧病数日，故未能写信给你。临行匆匆未晤一面，殊觉惆怅万分。想你近来好，还是那样忙吗？天热，希望你珍摄身体。

附中事我真象不明，究不知是谣言还是事实？临行前一日晨曾晤到三年四班球队，在北海尽欢而散，窥其行止似对我并无芥蒂，因伊辈天真不能做作。她们告我说学生会对梅、吴、杨诸人表示不满，言对很坦白，如对我有不满当不能提及此事。邵系伊班代表自治会主席，也许此等事别人不知系邵一人所为亦未可知？我五年在附中自觉抚心无愧，至于奸人构陷，亦可置之不理，不过我甚愿知此中消息，如你能探知，尚望陆续能告我为盼。

小城清寂，一年来心神洗涤一下，殊觉爽快。双亲健康堪以告慰。顺叩

伯母大人安！

波微

七月二号晓

致李惠年信之十三

（一九二八年九月十日）

❦

惠年小姐：

　　久违了，想近来好！今天在一年三班门外是不是你，我未看清楚；如果是你，请原谅我那时不能下来招呼你。你替我请好六小姐了吗？本宜直接送去，因恐冒昧不便，故特送上，请你转交，劳神处容后谢。

　　近来我颇努力于看书写文章，想极力恢复到四年前白屋、梅窠生活，静寂有诗意的生活。近来作何消遣？

梅姊　九月七号夜

致陆晶清信之一

晶清：

昨夜我要归寝的时候，忽然想推开房门，望望那辽阔的青天，闪烁的繁星；那时夜正在睡眠，静沉沉的院中，只看见卧在地上的杨柳，慢慢地摆动。唉！晶清，在这样清静神秘的夜幕下，不禁又想到一切的回忆，心中的疑闷又一波一波汹涌起来。人生之网是这样的迷恋，终久是像在无限的时间中，向那修长的途程奔驰！我站在松树下默默地想着，觉着万丝纷披，烦恼又轻轻弹动着心弦。后来何妈怕我受了风寒，劝我回到房里。我蓦然间觉着一股辛酸，满怀凄伤，填满了我这破碎的心房！朋友！我遂倒卧在床上，拼将这久蓄的热泪滴到枕畔。愁惨的空气，布满了梅棣，就连壁上的女神，也渐渐敛去了笑容。窗外一阵阵风声，渐渐大起来，卷着尘土射到窗纸上沙沙地响个不住！这时我觉得宇宙一切，都表现出异常的恐怖和空洞；茫茫无涯的海里，只有我撑着叶似的船儿，冒着波涛向前激进。

晶清，你或者要诅咒我，说我是神经质的弱者，但我总愿把葬在深心的秘密，在你的面前暴露出来！到后来我遂沉溺在半睡的状态中了。

杨柳的深处，映濡了半天的红霞，流水汩汩地穿过眼前的花畦，我和芎蘅坐在竹篱边。那时心情很恍惚，是和春光一样明媚，是如春花一样灿烂？在这样迷惘中不久，倏忽又改变了一个境界：前边的绿柳红霞，已隐伏埋没，眼前断阻着一条崎岖不平的山路，森森可怕的深林，一望无底的山涧；我毫无意识的踟蹰在这样荒野寂寂的山谷。朋友！我声嘶力竭，只追着那黑影奔驰，我也不知怎样飞山越涧的进行，"砰"的一声惊醒了我。原来是外边的房门被风刮开了！

晶清，我当时很怀疑，我不知人生是梦？抑梦是人生？

这时风仍刮的可怕，火炉中的火焰也几乎要熄灭，望着这悠悠长夜，不禁想到渺茫的将来而流涕！我遂披衣起床，拧起那惨淡的灯光，写这封含有鬼气的信给你。这时情感自然很激烈，但我相信明天清晨——或这信到你手中时，我的心境已平静象春水一样。

夜尚在神秘的梦里，我倦了，恕不多及。

评梅

三月二十夜三时

致陆晶清信之二

晶清：

　　你走后我很惆怅，我常想到劝朋友的话，我也相信是应该这样做的，但我只觉着我生存在地球上，并不是为了名誉金钱！我很消极，我不希望别一个人能受到我半点物质的援助，更不希望在社会上报效什么义务……？不积极的生，不消极的死，我只愿在我乐于生活的园内，觅些沙漠上不见的珍品，聊以安慰我这很倏忽的一现，其他在别人倖倖趋赴之途，或许即我惴惴走避之路。朋友！你所希望于我的令名盛业，可惜怕终久是昙花了，我又何必多事使她一现呢？

　　近来脾气愈变愈怪，不尽一点人情的虚伪的义务，如何能在社会里生存，只好为众人的诅咒所包围好了。朋友！我毫无所惧；并且我很满意我现在的地位和事业，是对我极合适的环境。

　　失望的利箭一支一支射进心胸时，我闭目倒在地上，觉着人间确是太残忍了。但当时我绝不希望任何人发现了我的怅惘，用不关痛痒的话来安慰我！我宁愿历史的锤儿，永远压着柔懦的灵魂，从痛苦的瓶儿，倒泻着悲酷的眼泪。在隔膜的人心里，在未曾身历其境的朋友们，他们丝毫不为旁人的忧怖与怨恨，激起他们少许的同情？谁都莫有这诚意呵，为一个可怜无告的朋友，灌注一些勇气，或者给他一星火光！

　　莫有同情的世界，于我们的心有何用处？在众人环祷的神幔下，谁愿把神灯扑灭，反去黑暗中捉摸光明呵？我硬把过去的历史，看作一场梦，或者是一段极凄悲的故事，但有时我又否定这些是真实。烦闷永久张着乱丝搅扰着我春水似的平静，一切的希望和美满，都同着夕阳的彩霞消灭了：如一个窃贼，摸着粉墙，一步一步的过去了。

　　晶清！我也明知道运命是怎样避免不了的，同时情感和理智又怎样武装的搏斗？心坎里狂驰怒骋的都是矛盾的思潮，不过确是倦了——现在的我。我不久想在杨柳结织的绿荫下，找点歇息去了！人和人能表同情，处的环境又差不多，这样才可谈一件事的始末，而不致有什么误会和不了解。所以我每次握笔，都愿将埋葬在心里的怨怀，向你面前一泄！朋友：原谅你可怜的朋友的狂妄吧？

　　祝你春园中的收获！

评梅

致陆晶清信之三

晶清：

　　这封信你看了不只是不替我陪泪，或者还代我微笑？这简直是灰色人生中的一枝蔷薇。昨天晚上我由女高师回到梅窠的时候，闪闪的繁星，皎皎的明月，照着我这舒愉的笑靥；清馨的惠风，拂散了我鬓边的短发，我闭目宁神的坐在车上默想。

　　玉钗轻敲着心弦，警悟的曲儿也自然流露于音外，是应该疑而诅咒的，在我的心灯罩下，居然扑满了愉快的飞蛾。进了温暖的梅窠后，闹市的喧哗，已渐渐变成幽雅的清调了。我最相信在痛苦的人生里，所感到的满足和愉快是真实，只有这灵敏的空想，空想的机上织出各样的梦境，能诱惑人到奇异的环帷之下。这里有四季不断的花木，有温和如春的天气，有古碧清明的天河，有光霞灿烂的虹桥，有神女有天使。这梦境的沿途，铺满了极飘浮的白云，梦的幕后有很不可解的黑影，常常狞笑的伏着。人生的慰藉就是空想，一切的不如意不了解，都可以用一层薄幕去遮蔽，这层薄幕，我们可以说是梦，末一次，就是很觉悟的死！

　　死临到快枯腐的身体时，凡是一切都沉静寂寞，对于满意快乐是撒手而去，对于遗憾苦痛也归消灭，这时一无所有的静卧在冷冰的睡毡上，一切都含笑的拒绝了！

玄想吗？我将对于灰色的人生，一意去找我自心的快乐，因为在我们这狭小的范围，表现自己是最倏忽飘浮的一瞥；同时在空间的占领，更微小到不可形容：所以我相信祝福与诅咒都是庸人自扰的事。

晶清：你又要讪笑我是虚伪了！但我这时觉得这宇宙是很神秘，我想，世间最古的是最高而虚玄的天，最多情而能安慰万物的是那清莹的月，最光明而照耀一切的是那火球似的太阳！其余就是这生灭倏忽，苦乐无常的人类。

附带告你一件你爱听的故事，天辛昨天来封信，他这样说："宇宙中我原知道并莫有与我预备下什么，我又有什么系恋呵——在这人间：海的波浪常荡着心的波浪，纵然我伏在神座前怎样祝祷，但上帝所赐给我的——仅仅是她能赐给我的。世间假若是空虚的，我也希望静沉沉常保持着空寂。

"朋友：人是不能克服自己的，至少是不能驾御自我的情感；情感在花草中狂骋怒驰的时候，理智是镇囚在不可为力的铁链下，所以我相信用了机械和暴力剥夺了的希望，是比利刃剥出心肺还残忍些！不过朋友！这残忍是你赐给我的，我情愿毁灭了宇宙，接受你所赐给我的！"

听听这迷惘的人们，辗转在生轮下，有多么可怜？同时又是多么可笑！？我忍着笑，写了封很"幽默"的信复他：

"我唯恐怕我的苦衷，我的隐恨，不能像一朵蔷薇似的展在你的心里，或者像一支红烛照耀着这晦暗而恐怖的深夜，确是应当深虑的，我猛然间用生疏的笛子，吹出你不能相谅的哀调呵！

"沙漠的旅程中，植立着个白玉女神的美型，虽然她是默默地毫无知觉，但在倦旅的人们，在干燥枯寂的环境中，确能安慰许多惆怅而失望的旅客，使她的心中依稀似的充满了甘露般的玫瑰？

　　"我很愿意：替你拿了手杖和行囊，送你登上那漂泊的船儿，祝祷着和那恶潮怒浪搏战的胜利！当你渡到了彼岸，把光明的旗帜飘在塔尖，把美丽的花片，满洒了人间的时候：朋友呵！那时我或者赠你一柄霜雪般的宝剑，献到你的马前！

　　"朋友：这是我虔诚希望你的，也是我范围内所酬谢你的：请原谅了我！让我能在毒蟒环绕中逃逸，在铁链下毁断了上帝所赐给人的圆环。"

　　晶清：你或者又为了他起同情责备我了：不过评梅当然是评梅，评梅既然心灵想着"超"，或者上帝所赐给评梅的也是"超"？但是这话是你所窃笑绝不以为然的。

　　近来心情很倦，像夕阳照着蔷薇一样似的又醉又懒！你能复我这封生机活泼的信吗？在盼！

评梅

致陆晶清信之四

晶清：

任狂风撼破纸窗，心弦弹尽了凄凉，在我这不羁的心里，丝毫莫有一点激荡。虽然我是被摒弃于孤岛中的浮萍断梗，不过在这修长的远道，茫邈的将来，我绝不恐怖而抖颤，因为上帝所赐给我的是这样。我愿腋下生一只雪绒轻软的翅膀，在这风吼树号的深夜，乘飘扬沙，飞过了沙漠的故园，在黑暗中听听旅客的伤心，或者穷途的呻吟。春寒纵然凌人，但我未熄的心火，依然温暖着未冰的心房呵！朋友呵！请你努力安心，你的朋友确是不再向虚空的图画，抹泪或者含痛了。寂静的梅窠里，药炉已灭；凄凉的寒风灯侧，人影如旧。你能在百忙中，依然顾念着蜷伏的孤魂，这是评梅感激而流涕的事。

你读了《花月痕》而凄悲叹息，足证明多情小姐的心理。本来人生如梦，梦中怨怒，事归空幻；不过是把生谜看穿之后，像我这样转动在这宇宙中，反成了赘累的废物。所以人不可彻底，更不可聪明。我希望你不必研究万事的因缘，只看作人生的迷恋。不过我知道你是感情道路中的旅客，你既未蹈过沙漠，又未攀过绝岩，在现在就觉悟，是极不彻底的话。

春风拂着我的散发，繁星照着我的睡眼，我将拥抱着这静沉的星夜，卧在这株古槐树下，狂妄也好，疯颠也好，总之，尽我的心情在愉快的波浪中激荡。这绝不是可以勉强造作的事，不过你或许不能相信我？

　　静静地渡这大海，跋涉这垔岩的峭壁吧！"生"的图画，已一幅一幅展在你面前，待着你的鲜血和清泪濡染。

　　敬祝你春梦中的愉快！

梅　四月四日下午

寄焦菊隐之笺一

今天刮大风，晶清她们在校开胜利的会，请我去，我因风冷莫去。然而我很喜欢，她们又回红楼去了，而且我也有了母校。

有一时期我夜夜哭！有风夜，月夜，星夜，雨夜，雪夜，冬夜，春夜，秋夜，夏夜之别。然而我夜夜哭！深夜闭门暗自呜咽，确是一首最好的诗。我是早想将这各种心情、各种夜景的夜哭写出；然而结果呢，只蕴结在我的心里，我不知如何才能写出。看见你诗集题名《夜哭》时，我很惊奇，天涯中我夜哭时，原来尚有诗人也在夜哭！虽然你诗集名《夜哭》，未必真哭，更未必真夜哭，然而在我看见时，真觉除了我外，也有夜哭者在，似乎我的凄哀不孤零了。我许久写朋友信不再说一句牢骚话，因为我不愿自弱的呻吟了，我愿（有）勇气的挣扎着做女英雄。今天你要我写《夜哭》，我不得不说几句伤心话，希望你原谅我。

这首诗，我也想着写出，然而我觉我莫有能力写出！我等着，有一天酝酿成熟时写出来，然而或者也许淡漠的消逝了，也许永久在心头，直到进了坟墓。

我很珍爱我的夜哭，故我写《夜哭》也愿万分珍重地写出来；不敢写，恐笔底的夜哭，写的不好，反而损伤了我心上的夜哭！因此我更不能在现在急急匆匆的心情下写她了。

假如你不怪我抄袭时，我将来集一本散文，或诗，也题名

《夜哭》！我想一定我夜哭是真的，你夜哭是不如我真。因为我夜哭的原力是直接的，你夜哭是间接的，我这样客观的观察，自然有错误的。我承认我们相知很浅。然而，你的悲哀总觉的是你天性的成分多，环境的成分少，或者可以翻过来，你的悲哀是环境的成分多，天陛的成分少。我呢，两种成分压着。

　　野马跑远了，在此悬崖勒住。

寄焦菊隐之笺二

真对不起你，你又病了么？我真后悔，不应该让你们替我受这许多罪，像中毒一样，喝那样迎风洒泪的苦酒！

我真对你们不住，你让我怎样忏悔呢？你在学校，我也不便去看你，真该万死。我更不该使你看见我在坟头哭，和那背景的凄凉。我当局者倒觉高兴，而旁观者早已酸鼻了！我那天本想不哭，当我同小张由陶然亭回来，看见你们一堆人围着碑低了头默立时，我才恍然知道那黄土下是君宇。我忍不住只好呜咽！后来想起有你们在，其便不哭了。我心里很麻木，大概我感觉或者比你们浅，因为我在这环境里待久了的原故。

放心！朋友！我会珍重！这几天除了憔悴外，除了夜哭外，除了吃不下东西外，一切都如常时高兴！放心！朋友！

你快养病，不要想心思！同时更不要为我难受。我是很高兴的，因为有天辛伟大的爱包围着我，不要为了他死便可怜我。

像片今天寄去，权作问病的使者。这是生日照的；新近照的一个，不合我的理想，虽然照的好，我也不喜欢！

这个像很冷静，很超脱，不带烟火气，故寄给你，这比较可以代表几分真评梅。陆续再寄你我喜欢的纸上的评梅罢！

今天一群人来看我，看见我这付嘴脸，都气的撅着嘴，硬要拖我逛公园，我便同她们走了一遭，然而足底下践踏的都是遗迹和泪痕！哪里有真的乐趣在呢？

　　好好养病，不然你令我永不能释念，因为是我给你的酒病。更令我对不起高年的伯父大人的娇子！

寄焦菊隐之笺三

夜风吹散了宴前赚得的醉意。归途上又浮起心底的酸意，盛宴散后的悲哀，我不是一次尝受过的了。

朋友，你给的许多甜菜，和你那沉醉心情的憨态，都使我觉着弟弟们的生活是值得我羡慕的。祝你的胜利罢，我头晕要早睡了。

我要睡，我要喝醉，我希望这一年的生活是梦中悄悄地消逝去才好；我莫有希望，也莫有失望，除了消磨岁月去迎死亡外。

这是送悼十四年的挽词，朋友，我们在新年后见罢！

寄焦菊隐之笺四

꧁꧂

......

你这封信我读了异常喜欢！你知道，我对朋友是很忠实的！我对你真和弟弟一样看待，你的家庭和环境，我也深知，你不能看这一般时髦少爷去过花天酒地浪漫生活的，你应该努力求学上进，将来自然可以骄然于世。你这样自己找钱为自己念书的意志，我早已佩服，环境艰苦的人，才能有造就，这是定例。谈爱玩只是人生一部分，并不是全部，所以我们应该当家庭的好儿子，当社会的好国民。这话不是太腐败了么？但是我觉得这才是真正人生的大道呢！青年该一刻也不放松青年时代呢！诚然你的"环境实不容你偷安，更不容你浪漫也"。这几句话我真喜欢听，朋友，我期望你是这样努力才好。

你不要夜哭，也不要发牢骚了，还是努力挣扎着去前进吧！光明幸福的前途在你的努力中等候着你呢！朋友们不了解你，算不了什么，"真的"！

寄焦菊隐之笺五

菊隐：

　　长信读后我很悲哀！我固然应该感激许多朋友们的体谅我安慰我，不过常常反为了得到安慰而难受！我自己骗自己有三个多月了，我想钻头去寻快乐，愿刹那的快乐迷惑住我，使我的思潮停止波激，那危险的波激！如今，又清醒过来，觉得这样骗法无聊更甚。这样骗法，令我感到的悲哀更深！我错了，我不应该骗自己。

　　三月五号，正月廿一日，是宇的周年了，我不知应该怎样纪念他！我不知什么能够表出我心里这更深更痛的悲哀。在这一年里，风是这样怒号，灯光是这样黯淡，夜是这样深深，做甜蜜梦的人已快醒来，我呢，尚枯自低首坐在这灰烬快熄的炉畔想着：想我糜烂的身世，想我惨淡的人生，想我晦暗的前途！

　　这两三天里，我原旧恢复了往日的心境，我愿用悲哀淹没了我的生命和灵魂！菊隐：我很不愿令你为了我的悲哀而稍有不快，故常破涕为笑的写信给你，希望你不要想到这春风传来的消息里，有我的涕痕和泣声！

　　今天渐不好，睡了一天，心绪乱极了！给父亲写了一封长信，他们看见一定得哭！我本想骗他们，那知一拿笔除了牢骚，实在写不出一句快活话。

我常觉到世界上莫有人，因为我连可以说话的人都找不到。

咳，梦太长了！

我不应该将这些话写给你，我不应该将我朽木的心理示给你，我忏悔了，朋友，你好好念书吧，不要理我。这封信本想不寄，但又想还是寄给你好，因之你又看到这不幸的墨痕。

寄焦菊隐之笺六

莫有醉。今天既无陪客，又无小鹿，虽不敢局促然而已是极敷衍了。敷衍本来可以不必来，但是一怕你生气，二怕你怪失约，因此逼成敷衍。为什么呢？我告诉你。

你不是听我说心跳么？在去大陆春前一点钟，在一个朋友处，逢见君宇一位女友，她新从美国回来。偶然问到君宇的事，可她一点都不知道，是我又把悲惨的故事重说一遍，说完了就来到大陆春。这和志新在柳园请我们一样令我难堪，我是送葬归来吃酒的。说起来这是值得记忆的，我是埋心埋宇那天，见着三年的朋友。

咳！说起来谁信！我这今年的寒假，是我最伤心不堪回首的，然而我只消磨她在梦中，这梦是什么呢？便是浅浅的笑靥和低低的语声，在这些不能不令我不悲哀，然而能令我暂时无暇。悲哀的许多朋友的感情，不过只是一刹那，一刹那；一刹那过后的悲哀是更深更痛更伤心。这更深更痛更伤心的，便是另一世界，是那万籁人静后伏枕呜咽的时候，是憔悴悲惨的梅，不是那灯光酒筵前的梅。

为了说明心跳！写了一大篇牢骚，原谅我扰乱你天真而正在尝着甜味的心境，横心袭来这一阵哀音和酸意！

大概这是最令人难堪的罢！

　　君宇埋的那天，我去吃酒。重叙他历史给他的朋友后，我又逢吃酒。能不心跳，焉能不敷衍。朋友你当可原谅我。

　　然而，我是领了你的盛情的。

　　你今天不舒服，不知回去怎样？不要看书，不要吃酒，不要赌，不要沉思，大概会快好。

　　"波微"，是君宇在"二七"逃走时赠我的名字，因为我们都用假名的原故。在我们通信中，找不见评梅、君宇的，都是些临时写的。他喜欢 BoVia 这个字十年了，然而在我身上找到她却仅仅一年。不过也可以说是永久不朽的。今天你在筵席前问到我，我自然不能隐瞒你，不过我承认了，又受不住一些不冷不热的讽声，令我想到"波微"也难过。

　　哪一次不是杯盘狼藉，人散后只有月如钩斜。不堪想，我们的梦太长了，在这一次一次盛筵散后我觉着。

　　六年了，在北京。别的成绩是莫有，只有些箭射箭穿的洞伤在心上。许多模糊的余影隐埋着，在夜深归来，只有我只影是知道我的。

　　然而，梦呢，太长了！

　　今天一位女友，对我说许多话。她劝我不要去陶然亭，不要穿黑衣服，我表面只笑笑，但是心里我真恨她。

　　不过我是现在确乎变了，我是刹那的享乐主义者。能笑时，有机会笑总不哭！不过我这是变态，过几天大概又变了也未可知。

　　这并不是醉话，我莫有醉。

寄焦菊隐信之七

菊隐君：

读了先生的信我不禁微笑！诚然感到极有趣的滑稽！相信我是游戏人间的，所以我很欢迎这类脱离悲哀的滑稽！

我年幼随着家父游宦在外，十三岁是我入学校的年龄，十三岁前是在家里请老先生教读。太原女师范毕业后我即到京，因那年不招文科，数理科我极不愿意，因种种原因遂入体育部。因为我身体从前较柔弱的缘故，毕业后在附中任女子部主任职兼授体育。

原谅我不愿提云影一般的过去。

相信我是离弃朋友的，并且我绝对莫有在爱园生活过，那么失恋的"？"是你误会了。

从前我是活泼爱动的，所以对社会活动很热心；后来不幸就变成现在的狂妄，不近人情的我了！

现在我不提悲哀，愿我的勇气，象英雄般雄壮，披着银甲，跨着驽马！

总之，我现在矫情说是这样了。

我的性情孤癖（僻），所以合于我的朋友条件的很少。我不喜交游，但有时狂气起来，又是很放浪的。我不带女性，但我是多感爱病的。

我大概八月五号后返京。考燕大是在今年暑假吗？那么，你将要离开天津。

祝好！

评梅复

二十一号

寄焦菊隐信之八

菊弟：

老父的生日便是今天，你猜我做什么呢？写了一封父亲的信，又写了两封朋友的信，一封是南洋的王，一封是莫斯科的张。你是不是？我每次写外国信大概准写的多而厚；所以虽然两封信，似乎、好像写了十几封国内的信一样。

你能听姊姊的话不去参加团体工作，我很放心。我们的生活看的值钱点好。你能专心念书更好，除了念书时永远属于你自己，而能安慰你外，别的一概都是烦恼，都是烦恼！在现在觉着似乎望见幸福影子的，将来或者透露出的是烦恼之幕。不过谁也不能跳出圈子，谁也不能不向前去，谁也不能预卜未来，谁也不能不追逐幸福的影子；人生除了这还有什么呢！不过能找到一点比较可靠的安慰——读书，你还是专心努力吧！弟弟！我这是从肺腑中流露出来的话，你不要河汉斯言。

你自己身体本来不很健，希望不要糟踏，你的家庭，你的社会，希望于你的很多，请你为了家庭，为了社会而珍重！你胃疼还是去看看好，免得成了病。总之，弟弟你保重了健全的身体，才能有了你心愿的一切。

梅姊

四月一号午后

附中因为时局，停课了。

（评梅信前附笔）高长虹无理取闹太笑话了。不知为什么，他这样恨我们，他还是父亲眼里最爱的小朋友呢。

寄焦菊隐信之九

（一九二六年六月十七日）

❦❧

菊弟：

我猜你也莫有回去。今天雨后我和晶清等在公园玩，她还问到我你是否走了，我便告诉他绝对不会走的，归来后果然。替我在老伯大人面前请安，你告诉他我是他一个未认识的女儿。不怕唐突吗？太高攀了。

我十有九不能回平定了，我怕回去了，又不能一时回来，而且路上也极危险呢！我又是个懦弱胆小的女子；不过我想我的母亲，不回去，母亲不失望吗？你说怎样好？不回去时，我也去西山玩玩，看看碧云寺枫叶红了莫有？那里有我爱的一种草，小钟最爱的小紫花，不知今年还有不？

你病须快治，少年时留一个这样危险的种子是很不幸的，我真怕，当你那天咳嗽时，我真觉心跳。唉！弟弟！君宇颊上红云退去时，便是他化成僵尸时。弟弟！你须治，不然不只你不幸，将来还须遗伤别人的不幸。自然，现在我知道你程度只是点咳嗽。酒少喝，书少读，最要宽怀你的胸襟，使他得以自由舒展，而不有梗制才好。有机会还是请克利检验一次。

你有双层面孔，我更多，岂只是双重。在我们这样环境下应付，的确要需要多少面具藏在袋里，预备它的变化呢？近来心头有点酸梗，几个好点的朋友都要舍我远去，在这样人海滔滔中，又少了几个陶然亭喝酒的人，一叹欤？再叹！！三叹而无语。

祝弟弟的快乐！

梅姊

十七号夜中复。

致袁君珊之笺一

今天我心情恶劣极了。本来昨晚就失眠，头涔涔然难过，再加看到清那封信，看见清那付面孔，看见清那痛苦的表情，几次令我黯然泫然！萍对她自回家后便冷淡到不能说，到底为了什么不可知，还是他因环境变迁呢，还是他不谅解清呢，都不可料。路远消息不易得，清在此如斯痛苦，他反以为她负情，这不是极滑稽的事吗？

在南方是清和伟人结婚的消息，在北京是萍和某女士的态度暧昧，到底是什么呢？都是匪人造下的谣言，而他俩便被谣言包裹了不可解脱。最好萍现在能来京，什么都解决了，不然，阴霾不可消灭，清在此心情日甚沉于悲痛。数月来我为了她绞尽脑汁，费尽力量，我压着自己的深愁勉为欢笑，我按着自己身上的创痛强为扎挣的安慰她，然而我是这样薄弱呵，一点都不能为力。我只好祷告上帝给她比较幸福平静的生活，令她可怜的孤儿不再有悲惨的结果。我敢相信，萍如负她，她定陷入危途；然而我自然不这样想。我们最好天天伴着她玩，伴她笑，令她能忘了一时便忘了一时；同时你也可写信给萍，什么话也不必说，只盼他能来北京。如今，萍连我都迁怒了，说我在京散布他的谣言，所以我也不能写信给他，这事你说说好了。

在爱的途程上，这事是必有的波纹，本无足介意和惊奇。不过，一方面我是清的好友，我不愿她常此痛苦；一方面他们这种隔膜，我总愿和我往常调和劝解他们一样早点和好了。清在这里时时念着萍，寄东西打衣服很安心的忠于他，而萍偏疑神见鬼误会人，这岂不是令人生气的事吗？所以我提到先生们，便觉心痛！那许多不甚相知的朋友呢，一方面嫉妒萍，也嫉妒清，只要能努力破坏总是努力的，唉！只有我是她的一个能在这心情下认识她安慰她的，不过我是不能为力的。

今天她醉后都告诉了你，我也回来写这封信，这封早欲泄露消息的信。使你知清现在不仅是离愁别恨所能限制她那复杂的心情的。

我是常常记念着她，可怜她！

朋友！你现在应怎样帮忙我安慰她，并使萍能解释一下他的误会才好？

我头痛极了，不说了，回去冷吗！这三四天内，你心情觉着复杂吗，知道了多少事迹？

评梅　十一（月）十四号夜

致袁君珊之笺二

  这封信，我制止我的情感不愿写，写下去牢骚悲哀满纸，不是应给你生日的礼物。所以我把千言万语缩成聊以自安的寥寥数语。原谅我，这碎碎片片的心情。

  谢谢你，你送我归来，给与我那样勇气，令我踏着伤痕归来。只要我们回忆着，这个梦是又醒了！不管它当时怎样绮艳，怎样甜蜜，怎样悲酸，怎样凄凉？我心像湖中落叶一样，你是已经知道、看见了。

  我的梦虽然死寂，然而心灵上是极圆满的。清的梦是在活的转变中，所以她心灵上有不能预测的或喜或悲的故事在不断的演映着。她自然比我苦！比我可怜！我的梦死寂而未破碎，她的梦虽生存，怕要有可怕的魔鬼来用铁锤击碎！怕！我真怕！

  回去，你疲倦罢？愿你不要再作姊被犀牛拖去的梦！多少话，不必说了。祝晚安！

      评梅 十一月二十一号夜中写

  晨接你信，我真又笑了，真顽皮，你！

  ……

       梅 二十二晨又写

致袁君珊之笺三

　　我失望了，你今天给我的信那样潦草与零乱。不过是不是也有点我的说错话呢！我又想起你惨白的面靥来了。

　　我心里是很高兴，除了为了清难受落泪而外，朋友！你千万不要为了我而感到烦乱和悲痛！假如这样，那是我不愿的；我万不愿千不肯以我这样残余人生的人，来遗害我幸福天真的朋友，由我而涅灭了你的童性，而戕贱了你的天真。

　　这话，今天在清处已依稀表示过。你给我以无量的欣喜，我也愿你因我欣喜而欢愉，万勿将清同我的悲运来痛苦你，所以我昨夜已忏悔了，我悔我在你面前，太真率了，使你识得我本来的面目。

　　不说什么了。我请你，朋友，你不要再写那样难过的信给我，令我吃了饭感到极度的难受。我从朋友家里回来，本来很喜欢，让你这封信，令我连你今天的笑靥，我也以为是假装的。朋友！我不愿看见你难过不喜欢，愿你努力恢复你那天真可爱的童性！

　　清前途不堪问，果如斯下去，清结局恐很惨！她不是急性的自杀，便是慢性的自戕。我看见她那青白的脸真难受！朋友，怎么办？我连睡梦中都怕她，都怕她有了意外！

　　我和清的交情是很深很深。自从天辛死后，我在这北京城，也是这世界上，除了母亲外，她是唯一能安慰我陪伴我的，假使她离开我，我一定不能如目下这样幸福平静，唉！我已付之天了，假使她有不测，我也是不堪想象的一个伤心人！我现在一半为了清，一多半是为了自己，所以我再三挽留她在北京的意思，也是一半为了她，一半为了自己。

朋友！我总觉得你能知道一点我们的苦，好像我们心中便舒适一分似的。谁教你，是认识了我们呢！朋友！你领受了姊这腔苦心罢，你要快乐！不过我自己真糊涂，写这样信给你，而能令你不难受，那是岂有此理。况且你的心弦又是那样脆弱而易感呢！

那么，我还是装上笑靥，说些笑话罢，但是朋友，我又不能这样虚伪对待你，怎样好？

你好好地写东西，好好地预备你的刊物。

《兰生弟的日记》给你寄去。天辛遗书以后再看，你是受不住的，我不忍用这些人间我尝受了的利箭又来刺你娇弱的小心。我不忍，我不愿。

梅 十一月廿三号夜十一时半

致袁君珊之笺四

　　不知为什么，今天我一进门看见清和你都那样高兴，所以我也喜欢了！本来计划是要一个人去陶然亭痛哭一场的。

　　我自然感谢庐隐。我想作一篇文章回答她，不过，现在是写不出，你想我哪能写出？等几天，我一定写完它。假如写得长时，我想包办一期《蔷薇》。题目自然是《寄海滨故人》。

　　朋友呵！我如今这混一天是一天的生活，你大概也知道了。我只是希望如梦的现在，不管它微笑痛哭都好，我总觉我是生存在艺术的梦里，不是愚庸的梦里。我过去是也悲凄，也绮丽的，我未来大概也是也悲凄，也绮丽的。朋友，今天我恍然又悟到自戕的可怜，我还是望着明月游云高歌痛哭罢！

　　朋友呵！你给与我的同情和安慰，我不知怎样报答才好，像我现在这样空洞无完肤的心身；然而我知道，你何曾希望我报答，你只是希望我的心情好，高兴；所以我为了朋友你这样，我是努力去把我的心情变好而且常是满面春风的；好不好，朋友？

　　今天忙，草草数语就此收住。祝你好梦正酣！

梅三十夜

致袁君珊之笺五

　　你要奇怪接到我两封信罢！我写了那信便吃饭，饭后乱找了一气诗稿就抄起，到现在，十二时已抄了三分之二的一本了。心烦手酸，实在不能抄了。忽然又想起和你笔谈。你觉到吗？我们见了面根本就未谈过一句正经话，我们心里所要说的话。

　　今天你信上，似乎问到我读了《孤鸿》后我心海深处觉着怎样？我告诉你，朋友，我觉着难过，该哭！自然第一令我难过的便是她能充分的认识我而且给我那样厚深的同情。其次我无什感觉。至于天辛死后我的志愿和将来，《涛语》里十一《缄情寄到黄泉》，便是我这一年来的结晶，我自然更希望那也是我永生的结晶，我心既如斯冷寂，那么，我也绝无大痛苦来侵袭。不会再像昨夜那样难过了，因为我知道再无人给我那样的信了。此后除了一天比一天沉寂死枯而外，大概连那样能令我痛哭的刺激都莫有呢！朋友！梅的生命是建在灰烬上，但同时也是在最坚固的磐石上。不说了，说下去你又要难过了，我不愿你为我而难过！

　　今天清晨我几次把眼光投射天辛墓前，我想去看他，本来接你电话我就想告诉你：我不去清那里，去看辛。后来我想何必又给你们不快活，所以牺牲了我自己。出了校场头条时我真想去陶然亭，结果自然我不愿意，因为我去是最适当，你们去便受了大苦了，而且清又牙齿痛不能吹风。所以我不去而忍住，不过朋友，你觉出吗？我听你说话时，我是又把我自己的精魂投射到辛墓旁去了。没有愿望倒还好，计划着的事做不成似乎总不高兴？所以我在宣武门内又和你在车上说起。那时我很难受呢！你知道吗？

唉！为了经了这次我受的刺激，我总想去天辛墓前痛痛快快哭一场，我想，从这哭里或者能把我逝去的青春和爱情再收回来！唉，痴想！我知道是不能的，永久不能的了！

我第三次看你这信时，忽然发现你信纸有泪痕，真的，那是你的泪痕吗？是为我而流的泪滴吗？果然，我应怎样珍重这封信，它上面有人间极珍重的同情在上边，我愿我一天不死，我一天记忆着人间的同情，朋友！你该不伤心吧？

今夜我心情特别好，不过不是悲痛，有点疯狂，我要制止我。抄诗忽然找到一首诗来，寄给你读一读，有一个时期，我曾这样安慰过我自己，如今看来自然是笑话了。

看到这信时，我想我已看见你了。我在你面前，是不容我难受，因为我自己是希望看你的笑靥而不愿你鼓嘴的。朋友呵，祝你夜安！

梅　三十号夜一时半

书评卷

祭献之辞

庐　隐

　　唉！这是怎样悲惨而深刻的一个伤痕呵！评梅！月色是寒凉如冰，宇宙是深沉静默；你就在那时候悄悄的走了。我记得那夜，我刚睡下，就接到你舅父的电话，说是你病情危急，唉！我的心颤抖了，我的神经紊乱了，直等到森弟叫了汽车来，催我快走，我彷佛恶梦初醒。唉！评梅，我真不信你去得这样决绝，人间诚然是苦海，不过你这二十余年，寄息于其中，难道真没有一点依恋吗！但是天心不可测，我知道你的去，也是一半欢喜一半悲愁呢，是不是？

　　汽车转瞬到了医院门口，一片寒光，照在那庄严而冷森的大楼上；我感到凄凉了。一直含着泪走到你的病室，远远的已看见看护们手忙脚乱的样子，我吓极了，心想难道已经完了吗？我深夜赶来，终不能见你最后的一瞬吗？唉！天呵！这时我流着泪忙忙进了那个小门，看护正在给你擦痰，我知道你还在人间；这时我暗暗的祷祝上帝，我求他施出惊人的神通，将你游丝般的生命挽回；那时你喉头的痰，不住的作响，你的气息十分急促，脸色惨白极了，好像枯蜡，眼神也散了，看护将你手拿出来按了按脉，也叹息了，摇头了，她低声告诉我：脉没有了，唉！评梅！上帝是无灵的，命运是不可换回的。我忍着惨痛看着你咽了那最后的一口气。唉！太可

215

怜了！你将头往枕上一放，二十余年的生命便这样收束了，那时我还怔怔站在你的面前，我辨不出是梦是真，我看着你惨白的面靥，低垂的睫毛，和散乱的黑发，这一切不久都要化为灰尘，但是我愿它们都深深印入我的脑膜，但是医生不容我多看，他叹着气，将白色的被单遮住你的脸。唉！评梅！天从人间夺去了你；医生又从我眼睛里夺去了你，可怜我感到世界的空虚了。我禁不住放声痛哭，你的舅父，森弟也都向着你的尸骸痛哭；但是哭有什么用呢？天是永远不为这悲哀的哭声而动心的呵！一切都只是冷酷尊严的对着我们。后来看护来劝我出去歇歇，并且她还劝我说："你不要太为她悲苦，她得了这病，纵使好了，也要残废的……这样一想她不是死还快活吗？"不错，她的话很有道理，并且我相信你自己也一定感到，死比生乐，如果灵魂是不灭的话，你在另一个世界，遇到你的宇哥，也许这时正在高唱凯歌呢。但是评梅你丢下凄苦的清妹隐姊，她们太可怜了！还有你白发婆婆的两老，他们更需要你，你竟忍心放下走了，从此以后，他们接不到你的信；你的慈母到了暑假，也看不见你回去，你想到她老人家含着泪，替你预备床褥时的情景，你真能不动心吗？唉！评梅你纵使看轻这些，不值留恋的恋情；但是你所希望的事业你也决然不顾吗？唉！评梅，这一些疑问，你能答复我吗？而今是人天路隔了，若要相逢，除非梦里，希望你给我一个极清楚的梦吧！可怜我只敢有这一点希望呵！

你死去的消息，传遍以后，没有一个认识你的人，不为你恸哭，最可怜的，是你教的那群天真的小女孩们，她们叫着"先生"不住的痛哭。她们纯洁天真的小心，感到悲哀了。你装殓的时候，她们流着泪替你穿衣服，评梅！这一点应当骄傲了！这一些纯洁的天使，用她们极热烈的真诚之泪，来洗涤你在世的伤痕和劳绩，你大约可以安慰了吧！

现在我再告诉你白屋的情形，我记得从前每次来学校上课，当我开白屋门看不见你时；我心里就不知不觉的怅惘，有时并后悔，我今天来得太早，坐在这白屋里，又凄凉，又寂寞，由不得想起五六年前，白屋里的种种：那时候我们的交情，还是很普泛的，见面时除非谈些没要紧的话，其余的时候，便互相缄默着，那时我对于你的生平不很了解，我为了自己颠沛的命运，常常艳羡你的幸福。不过有的时候，你一种难言的苦情的表露，很使我惊奇过，但我以为是我自己的误解；所以一直不敢向你动问，并且连我自己，那时纠纷难解决的恋爱问题，也不敢向你逬露一字半句。因此我们只有相视无言，后来我决定走了，决定去作绝大的牺牲了，你才含着凄苦的微笑对我说："隐姊，我佩服你，你是英雄，你胜利了！我真不如你！"当时我听了这话，心里一惊；莫非你也处在我这种进退皆难的环境吗？我想问你个究竟，又怕你不愿对我说，我只得不说什么，离开了白屋，第二天我也就离开了北京！你那时还到车站去送我，我看见你含着眼泪……唉！评梅就在这一刹那间，我们的灵魂沟通了，在这广漠冷淡的人间，能够无意之中，得到一个知己，也算是幸福了。但是昔日所认为的幸福，就是今日的苦痛，如果我们始终只是普泛的认识，你今日的绝然而去，我也不过说一声"可惜"完毕。现在呢，你的死竟刻上一道极深刻的伤痕，在我创痛的心上，唉！评梅，你的隐姊真太可怜了，你知道我这几年来，所受的苦痛，是接二连三的不断呵！在你病的时候，正是我哥哥，丢下我年青（轻）的嫂嫂，和幼小的侄子们死去的时候。你想我那时的惨痛，向谁去诉说？还不是咽着眼泪，到学校去上课吗？有时候极想放声痛哭，但是怕别人忌讳讨厌，只得努力的忍下去，到夜深时，悄悄的在枕上流泪。唉！评梅！你从前总觉得你是孤苦的，但是你还有爱你的父母，还有许多了解你爱重你的朋友。说到你可怜的隐姊，那就太悲惨了！在这世界上，只有一个稚小的萱是她的亲人，父母呢，早已抛下她去了！现在爱她的哥哥，了解她的朋友，也都抛下她去了。唉！叫她怎忍回头过去，细想将来！唉！评梅你从前曾允许为我料理后事，整理遗稿，立碑作传，现在你竟去了，这一切你所应许我的，反倒叫我替你办，天呵！这是怎么个安派呵？——唉！评梅，我每天来到不堪回首的白屋时，我便不禁泣然了，我坐在那长方桌的旁边，我总感觉到你是在我的对面。但是抬头细看，哪里有你的影子呢？有的只是那脑海中的幻影呵！有时我听见门外有高底鞋走路的声音，我总以为是你来了，然而每次我都是因失望而悲哀。有时我照着你常照的那面小镜子，我总觉你站在我的身后呢，于是我急转过身来寻觅，唉！斗室凄清，又哪里有你的影子呵？唉！评梅！这仅仅是一所小小的白屋，但是它装了我们俩悲哀和欢笑，在这小白屋中，你看见过我胜利的微笑；在这小白屋中，你看见过我悄流悼亡的泪。唉！仅仅四五年间，我们尝尽人间的酸甜苦辣的滋味，这一次我千里归来，本想和你相依以终。在这悲苦的运命中，互相鼓励，互相安慰，天公虽然刻残，我们也就感谢它，对于我们的意外厚遇了！谁知道，并这一点小小的希望，最后也只是一场幻梦！唉！评梅！我这样不幸的人，还配再说什么！

本来象我们这样凄苦的生命，早点收束了也罢！不过你呢，曾经为了白发高堂，强饭自爱。我似乎一无所恋了，但是现在我又为了萱努力的扎挣，我几次想到死，但我一想到我死后萱的孤苦可怜，我的心便又软了；我不愿意死了；我要扎挣着，受尽人间的凌虐，看她长大成人……唉！这岂是容易忍受的磨难；不过天知道！我为萱我愿意咬着牙忍受下去。

唉！评梅，我的哀苦也不愿再向你深说了，现在我再报你一个惨痛的消息，昨天我接到清妹一封快信，她为了你的死，哀痛将要发狂。她说"梅姊的死至少带去我半个生命！"并且她还要从南方来哭你埋葬你。我得到这个消息之后，我一直耽着惊恐，清妹（近）年来的命运太凄苦，天现在更夺去她的梅姊，她小的双肩，怎样担得起这巨重的哀愁……唉！评梅，这几年来，天为什么特别和我们这几个可怜的女孩过不去呢！使我们尝尽苦恼，使我们受尽挪揄，最难堪的，要算负着创伤的心，还得在人前强言欢笑；在冷酷的人们面前装英雄。眼泪倒流，只有自己知道，唉！评梅你算是解脱了！但是我们呢，从前虽然悲苦，还有你知道，眼泪有时还可以向你流，你虽然也只是陪着我们流泪，可是已足够安慰我们了，现在呢，唉！完了，完了！一切都完了！评梅，我真恨世界，设如有轮回的话，我愿生生世世不再作人！评梅！我诚然"只有梅花知此恨"，然而梅花已经仙去，你叫我向谁说？

你埋葬的地方，我们知道你一定愿在陶然亭，我们也愿意你在陶然亭，因为那个地方正配你埋魂，并且又有宇哥伴你，你也不寂寞。不过现在我们还不敢把你死的消息，告诉你白发双亲，暂且我们也不敢就决定把你埋葬在那里，但是评梅你放心！我们总当设法使你如愿！

你的稿件，我当和清妹为你整理、作序、付印，将来的版税，自然要交给你的慈母。你的遗物：书，都放在学校的图书馆，留个永久的纪念，其他的东西，都交给你的舅父带回。

唉！评梅你的一切身后事，我们是这样料理的，你满意吗？望梦中告诉我们！

这几天秋风凄厉，万象萧森，也正如你可怜的朋友们的心情。评梅！你知道吗！

今天是死后的三七，我含着眼泪，写这一篇祭献之词，敬献你在天之灵。唉！评梅——"万劫千生再见难，小影心头葬……"天实为之，我复何言！完了！完了！除非地球毁灭，此恨宁有已时！

石评梅略传

庐　隐

　　天是这样的阴沉暗淡凄凉，好像是故意形容我吧！唉！这失了群的悲雁呵！在落叶的呻吟里咽泪，在秋风萧瑟里抖颤——然而我正忆念着那与世长辞的评梅呢！咽泪值得什么？抖颤值得什么？我从惨痛中暂且逃了出来，我按定我颤动的心弦，我正襟危坐，郑重的来写评梅哀艳清幽的一生——这仅是短短的一生。但是我所写的，是否评梅所希望于我的，我就没有十分的把握了。唉！评梅，我唯有秉我一片的忠诚，努力的去写——这一点当能使你在天之灵满意吧！

一、评梅的故乡与家庭

　　评梅是生在山西平定的一个山城里，据她平常谈话中，我们可以知道她的故乡是一个隔绝世尘的幽雅所在，四面都是青翠的山环绕着，虽是那地方缺少大河流，但涧泉细细，更饶一番清妙的趣味。在她的日记中也有一段说到她的山城：

　　"……午餐后，同昆林上窑顶，望远山含翠，山坡上有白羊数只，游憩其间，有水，有山，有田地，有青草原，有寺院，有古塔，有磬钹声……"

220

"……在黄昏时登楼一望，见暮云笼翠，青山一线，如镌天边，地上青草寸余，如铺翡翠毡，最妙的高低布置，参差起伏，各尽其趣……"

评梅的故乡既是这样美妙的所在，自然对于她后来的文学兴趣，有深切的影响了。

再说到评梅的家庭，经济状况，是一个中等家庭，组织也很简单，父母兄嫂和一个小侄女，一共六口人，但是据她自己说："我家虽然不是大家庭，但人心不同，意见纷歧，亦大不幸事。"照她这几句话，我们可以知道她对她的家庭是不满意的，至于所以会有这种现象的原因，第一因为她的父亲性格刚强固执，她的母亲有时感到苦痛，而评梅是最同情她的母亲的，常常为了母亲的悲苦而落泪，她日记里说："……母亲在这清静的夜幕下，常常弹弄着凄切的声调，常使我在一夜枕上，流许多伤心泪。"

第二个原因，就是因为评梅的母亲是续弦的，她的哥哥却是嫡母生的——这种的关系，在中国的家庭里，本来容易发生芥蒂。但是她的哥哥对于她的母亲，表面上据说还不错；不过他长年在外，往往三四年不回家。至于她的嫂嫂呢？一个青春少妇，带着一个幼小的女孩儿，周旋于两老之间，那心情也就很够可怜了。自然这家庭中，是不免有冷寂的空气，而评梅又是天生的神经敏锐的人，她怎么看不出这深藏的阴云呢！

二、评梅的生活

评梅的生活，虽然比较的单纯，但是也可以分为几个时代来说：

A. **童年时代** 评梅童年的生活，一半是在家庭里，受严父的教育，她自幼聪明，父母自然极爱她；同时所希望她的也极大。所以当她没进小学的时候，她父亲每天在公事完竣以后，便教她识字，并且他是非常认真的教她；有时她没认熟，虽然夜深，也不许去睡，这时她的母亲，就在旁边伴着，安慰她，直到她念熟了，才一齐去睡。所以她童年的生活，一半是生活在慈母的温嘘中；一半是生活在父亲严正的教育之下。后来她进了小学，白天在学校里，跟许多天真烂漫的孩们，一齐上课，一齐玩耍，精神更比在家里活泼了。不过晚上放学回来以后，她的父亲仍然教她念四书、《诗经》等，所以她的国文根底，比一般的同学好。

B. **中学时代**　评梅在她省城的师范附属小学毕业以后，就直接升入师范学校。这时候她的学识和思想，都有长足的进步；再加着家庭教育的关系，所以她在学校里那功课，比一切的同学都好；每一次考试必列前第，而且她也很有干才，每逢学校里开会，她总是主持一切的一分子。她的性情很喜欢音乐，她能弹得很娴熟的风琴，她既然是各方面都能出人头地；自然她的声誉很高，她省里的人，都认她是省里的一个才女。而且她是很有担当的人，有一次她们学校，因为学校问题闹风潮，她是很有力的分子，后来风潮平定了，学校里照章要开除她，以示惩戒。但是因为舍不得她的才学，最后又把她恢复了学籍。——在这几年中学校的生活里，她是很快乐的度过。并且父母看了她的成就，也很安慰。这时候，父亲的年纪比较大了，性情也比较慈祥了；在课余的时候，常常和她谈心，她也很能色笑承欢，所以这时候要算是她一生的黄金时代了。

C. **大学时代**　评梅在山西省立女子师范毕业以后，就到北京来升学，这在她的生活里，是第一个大变化；不但是离开家庭，亲爱的父母，去过飘泊的游子生活，而且她苦痛的运命也从此开始了。

　　她来北京的时候，年纪很轻，仅仅是十八岁的少女，不但她的父母不放心，她自己也觉得怅惘恐怖——她想到自己是一个天真的小孩，来到这情形复杂的北京；而且又是人地两疏的北京，她的心情真仿佛是依人小鸟。自然很容易将一颗纯真的心，贡献于人了。况且她是初出笼儿的小鸟，她没有经验；她不知道人情的险诈，在这种的情形下，她第一步就走到不可通的荆棘道上来了。

　　她到北京是预备考女子高等师范的文科。但是那一年，恰巧女高师不招文科，她一方面自然很失望，但另一方面她想不进文科也好，因为她觉得自己的国文根底，很可以自己学习，不如进别的科，或者可以求得他种的技能，和多得些科学知识，因之她就考进女高师的体育科了。

　　当她考学校的时候，多亏了几个同乡照顾。不过她的父亲很不放心，因托了一个朋友，写信给在京的朋友照应她，当这时候，有一个少年 W 君就到女高师去看评梅——这就是她父亲辗转所托请的人。评梅见了 W 君之后，心里很得到一种安慰，凡关于不明白，或难解决的事情，都去请教他。不过这位 W 君是住在一家公寓里，评梅觉得不便去找他，所以最初总是 W 君到学校去看评梅。这样的过了几个月，在冰雪严寒的一天，她忽然鼓起勇气，到公寓去看他，但是不幸评梅处女纯净的心，就在这一天划上一道很深的伤痕。当他和她从漫漫的谈话，进而为亲密的友谊的请求时，评梅稚嫩的心，不禁颤动。况且她原有善感的天性，不忍使人过于难堪的天性。她看见这位素常照应她的青年，忽然声泪俱下的，要请求她答应作他一个永远的好友，她纯真的少女之心，又怎能不为他感动呢？当时就答应了。然而评梅天生又有一种神秘的思想；她愿意自己是一出悲剧中的主角，她愿意过一种超然的冷艳的生活。因此她也希望她的朋友，也是这么一种人，但是不幸 W 君绝对不是这种人。而且 W 君又是已经有妻子的人，他对于评梅只不过游戏似的，操纵她处女的心，自然评梅是初出笼的小鸟，很容易的，就把一颗心交给他了。到评梅发觉她的理想，完全是梦的时候，她的心是伤透了。怎么样都难使她恢复，从此评梅就由她烂漫黄金的天国中，沉入愁城恨海中了。她这时了解什么是悲哀，后来虽然是咬着牙和 W 君绝交，而这种深刻的伤痛，是永远存在着。

正在这咽着眼泪，强为欢笑时，不幸又遇见一个青年天辛君——是她父亲的学生。评梅在故乡的时候，就听见他的名字，来到北京以后，最初没有见面的机会，所以都没有来往。后来在评梅将要毕业于女高师的那一年，在山西同乡会里才认识了他，彼此谈起话来，才知道是她父亲的学生。于是就缔了淡淡的友谊，但天辛君和评梅来往不久就觉得评梅是一个思想才情都很可取的女子，不由得就坠入情网了，对待评梅十分恳挚。评梅本是富于情感的女子，对于天辛的忠诚，焉能毫无所动？不过她为了 W 君的伤痕故，她不愿意接受别的爱了。她在日记中说："……我不幸有 W 君伤心之遭运，奈何天辛偏以一腔心血溅我裙前……人生岂真为苦痛而生耶！"虽然天辛并不能了解她一番心迹。所以他想用极忠诚的情来感动她，不过天辛也是已经结过婚的人。他既向评梅求爱，他先要找立脚的地步。并且他还疑惑评梅之所以不接受他的爱，是因为他自己没有资格。所以他竟在一年的暑假中回到家里，和他的妻离了婚。离婚以后，他曾有一封详细的信，报告评梅，评梅接到他的信后，在日记上写了以下的一段话：

> "接天辛信，详叙到家后情形，洋洋洒洒，像一篇
> 小说，真的！并且是确实，他已得到她的谅解，而粉碎
> 了他的桎梏，不过他此后恐连礼教上应该爱好的人也没

有了！我终久是对不住他！"

评梅既把她的秘密——不能接受天辛之爱的秘密，泄漏了之后，天辛如同陡然听见半空里的一个霹雳。受了绝大的刺激，顿时肺管破裂，病倒在医院里，评梅听见了这个消息，非常悲痛，当时就到医院去看天辛，看见他那凄白的面容，很觉得难过。极力的安慰他，并且告诉他："你若果能静心养病，我们的问题，当在你病好时解决。"天辛听了这话，果然静心的养病，并答应评梅将来为了她，就连他的事业也可以改变——因评梅曾对于他冒险的事业，是表示不满。评梅在这种情形之下，真是九转回肠，苦痛万状，然而为了他的忠诚，也就顾不得什么了！那时候天辛简直已经可操胜券了。但是不幸 W 君这时忽然给她写了一封信……里头说到她和天辛的事，他说："一方面我是恭贺你们成功；一方面我很伤心，失掉了我的良友……我总觉得这个世界上，所可以安慰我的只有你，所以你一天不嫁，我一天有安慰。……"评梅接到这封信时，又勾起既往的伤痕，痛哭了一场，立刻又到医院告诉天辛，推翻她所应许他的结合。在天辛当然又是一番打击，他就因此失了康健，不久就加上盲肠炎，病死于医院中了，他死后，评梅在他的遗书中，发见他所以死的原因，是为了评梅拒绝他的爱。评梅这时候的悔恨，真到了万分，在这痛楚之中，她就决定了她自己悲惨的命运。直到她死，她没有一时一刻放下这件事的。而且她又是一个高傲性格的人，她虽是满身都负荷着不可忍的惨痛，然而她还是人前欢笑，努力的扎挣着，直到她这凄艳的一生结束了——同时她也把这悲哀带到坟墓里。唉……

三、评梅的事业

评梅一直受的是师范教育，所以她的事业，也多半是在教育方面。她自民十二女高师毕业以后，就在师大附中，担任女子部主任，兼体育教员。民国十六年，她又兼任国文教员，及女一中、若瑟、师大各学校教员。她在教育上有很大的贡献，尤其在师大附中她的教育成绩最昭著。师大附中自民（国）十（年），开始男女同校——这是一种很冒险的试验，因为在学理上固然是利多弊少，但也要看办理的人，措施如何。如果是指导得法，当然可以在教育的制度上，别开生面。倘若所任非人，不但得不到好处，还要生出许多的枝节来。况且中国社会，又是一种复杂的社会。在这新旧过渡的时代，更是不易处理得宜。但评梅自民十二到附中任女子部主任以来，一方面她用一种理智的指导法，来指导她们，一方面用一种坦白热烈的真情，来感化她们。所以学生们对她，不是怕而守规则，而是心悦诚服的，受她的指导，有时学生作错了事，她总是极忠诚的开导她们，以至于声泪俱下。真仿佛一个温和的大姊姊，对待她的小妹妹似的。所以没有一个学生不受她的感化的。因此师大附中的女子部，自从创办以来，没有发生过什么意外的事。而且养成一种正大的优美的学风。她于学校的管理的方面，有如此的成功。现在再说到她教授方面，她也是无时无刻不在想尽方法，使学生得到益处。她平常担任的钟点很多，但是她无论怎样劳碌，从没有对于学生的课业敷衍过，常常在深夜里，替学生改卷子，而第二天绝早，又到学校去上课了。真可以算是鞠躬尽瘁死而后已呢！……所以她在教育的事业上，虽仅仅是短短五六年，然而她的贡献，实在是值得我们钦佩而纪念的。

四、评梅的作品

评梅除了在教育上努力而外，同时她还努力于文学。她作文章的时期很有几年；在她初到北京的时候，她就开始写诗——多在《京报》《社会日报》的副刊上发表，后来她也写小说，及短篇的散文，偶而也写剧本。文章已经整理好，而未出版的有《心海》《涛语》，都是短篇的散文。《祷告》是一本短篇小说集。此外还有两本诗集，与民十三（年）至十六（年）的几年日记——这日记记得非常妙，有文学的价值，将来也可整理出版。在这几种以外，在《妇女周刊》及《蔷薇周刊》上，还有不少的作品，将来也可以收集成册。

现在更就她的作品上——思想方面，——艺术方面，用我窥管的见解，稍说几句：

A. 思想方面　在她的作品里，我以为她的思想有三个不同的时期。在她作《梅窠漫歌》一类诗的时期，是第一个时期。她这个时期的思想，是比较的浅薄——这自然是因为她生活的关系。她这时候的生活，还是学校与家庭单调的生活。还不曾了解什么是人生，就感情也是一种浮浅的热情。所以她这时候的作品，只有形式而无内容。等到她作《心海》和《涛语》的时期，那是第二个时期，这个时期的思想，有了长足的进步。因为她这时候的生活，比较第一时期充实多了。她了解什么是人生，她了解深刻的悲哀。她懂得社会是怎样一个东西了。但是因为她的遭遇太驳杂，所以形成她一种悲哀的人生观，因之她赞美死，她诅咒生。同时她的理智和感情发生了极大的冲突。她一方面，想作一个以人间为游戏的玩世者，同时她又宛转于感情的桎梏之下。她一边手拿慧剑，一边手可是不放松情丝，弄得左右为难。这一点在她平日的对付人，就可以看出来。她一方面要对付得每一个人欢喜，但同时她又觉得这是太无聊。这种的思想，无论在《涛语》和《心海》里，都可以找到证据。到她作《红鬃马》《匹马嘶风录》的时期，这是第三个时期。在这个时期中，她的思想，是由悲哀中找到出路了，她已经能从她个人的悲海里跳出来，站在喜马拉雅山的最高峰，下观人世的种种色色，以悲哀她个人的情，扩大为悲悯一切众生的同情了。她这时期作品，不但是替她自己说话，同时还要替一切众生说话。这在她的思想上和艺术上，都是更向上的好现象。在她临病之前，她写了一篇小说，名叫《林楠日记》。她那篇东西，对于被压迫的妇女，充满了同情。然而不幸，上帝就在这时候，把她接引了去。这一朵色香俱足的蓓蕾，不及开放，就萎谢于萧瑟的秋风里了！

B. 艺术方面　评梅的作品，有一种清妙的文风，她所采用的字句都是很美丽的。在她短篇的文章里，往往含有诗意，这是她的长处。她的缺点是在字句方面，有时失之堆砌。长篇小说的布局，有时失于松懈。不过大体上已经很有成就了。若果天再假之以数年，当然会有更大的成就的，但是"天若有情天应老"——这杳茫不可究竟的苍天，我们又有何说呢！

唉！评梅的生命收束了，我替她写这短短的略传，来纪念她吧！

十月三十日夜完稿

悼评梅

赓　虞

看　万里惨天正漫着灰败之月色
美丽的蔷薇业已垂首　永不再开
生之绮梦　已随它败灭于此世界
这废墟将永无歌者来留恋　徘徊
从此　再无人间冬梅之花落花开
万载黯愁之幕纱　已将地狱掩盖
在深夜你将不再祷告　歌泣幽怀
那千秋之长恨　似烟雾漫于江泽
谁敢　谁敢说这短短的二十七载
非天宫之雕饰　而是颓垣的苍苔
于未知的梦境　似花儿自开自败
如慧星之一闪　从天边飞落深海
在诗人之美韵里　生命有了灵骸
似夜莺之低泣　宇宙涂满了苍色
嗟呼吾友　有什么悲哀留此尘埃
萧萧的秋风　已将枫叶吹向天涯
恨　恨苍天不使你展开诗之美怀

为人间留下　惨绝的雄壮之悲哀

那可诅咒之上帝　业已被我伤害

在污水之黯狱　役弃了他的尸骸

今　我悲寂的尚歌唱于秋之舞台

俟菊花残时　这哀韵亦即将灰败

噫　一世之飘泊似江水东去不来

情爱之蓓蕾已随白骨枯萎　殡埋

你曾痛饮苦酒　任孤魂飞于天外

任往迹长遍了荒草　长埋着情爱

愿永沉于伤心之良梦　不再醒来

谁还相信人间有什么玉碑　美彩

天知道　蔷薇业已垂首永不再开

看　万里惨天尚漫着灰败之月色

十七年十一月二日深夜

挽石评梅二律

张鸿来

兰摧玉折忌芳坚。（用颜延年祭屈原语）恰比前贤哭后贤。
灵草无根为世瑞。
落花不语（君病即不能言）得天全。
红颜白发时修短。黑塞青林路万千。
我信南华谈大觉。玄同生死是穷年。

枝干坚强有素功。（君毕业师范体育系）不同蒲柳畏秋风。
病违家室身谁主。
医昧垣方望已空。
厌世文章心早死。（蔷薇刊中君文独衰煞）传薪教育命无穷。
最怜剩有双亲在。一旦相逢梦寐中。

附中全体教职员公祭石评梅先生文

惟君温婉聪明，秀气孤禀。厉学上庠，声华藉甚。游心文圃，藻橘楸黄。谁与抗手，班姑左芬。奇文骤布，斐誉都门。

女界千年，靡靡之风。君负玮质，巾帼而雄；昌言渝革，多士翕从。乐育菁莪，许身良厚。黉舍生春，循循善诱。群生视君，谊犹慈母。

惟君志业，方兴未已；云胡不淑，殆我喆士！人间秋节，来召巫阳；膏肓莫砭，卒然以僵。群医袖手，日恙在脑。嗟乎龚生，天年竟夭！

遗编未梓，丹铅犹新，音悲流水，散绝广陵。缝帷振风，秋灯敛曜。萧寺一棺，孤魂谁吊？华发衰亲，犹梦归省。一纸讣音，惊传三晋。望祭宵哭，椎心吊影。

人之生世，畴能自知。夭遂同尽，从古如斯。牛山陨涕，昔人所悠悲。悠悠长宙，恨何穷矣；追念平昔，恍如梦矣。呜呼哀哉！尚享。

祭石评梅女士文

女师大学生会

维中华民国十七年十一月二十一日，女子师范大学学生会，谨以清酌庶馐之奠，致祭于石女士评梅之灵而泣告曰：呜呼！君生于山西，而卒于北平，主于教育，而终于教育，人之云亡，举都同悲，况吾侪谊属同校，夙相遇从者乎！当此秋风萧瑟，鸿雁南翔之际，忽惊闻我女士病卒于平之协和医院，感造物之忌才，恸斯人之不禄，临风陨涕，有不能已于言者。

呜呼！君禀恒山之灵，汾水之秀，以光绪二十八年八月十九日诞生于山西平定，幼即颖慧，酷嗜读书，及长诵群经诸子之学，为文得诸天授，尝下笔千文，不加改削，君之亲族，莫不以奇才目君，而君慨国事之日非，悯女学之不振，间（？）关千里，负笈来京。于民八肄业于吾校体育系，盖君虽夙擅文学，而以女子大多纤弱娇柔，不足以救二万万女同胞于水火，故欲成一三育皆优之才，以健康之精神，作伟大之事业；每与校中同学，言及邦国颠危，则慷慨泪下，豪情壮思，殆沈云英、秦良玉之流亚欤？及四载毕业，主教于北平各中学，复以生花之笔，写哀时之痛，故读君之诗文者，识与不识，莫不慕君之为人，而推为女界杰出之秀也。社会之推许君者甚众，吾校之期望君者甚大，世本

233

需才，才为世出，奈何苍苍者之不欲吾校大展，使君遽尔而病，复遽尔而没耶。夫青年早逝，本为人生最悲之事，君又天涯作客，家乡远隔，病中之汤药，既无亲人之看视，身后之衣衾，亦无亲人之料理，天何扼君之甚耶？且君之梓里，尚有白发双亲，依门依闾，日盼爱女之归来，记忆膝前牵衣之日，竟成永诀之时，君灵有知，能无有憾乎？呜呼！遗编尚新，遗容宛在，言有尽而意无穷，君其知之耶？其不知之耶？呜呼！哀哉。尚飨。

女师大学生会全体哀祭